Vitor Abdala

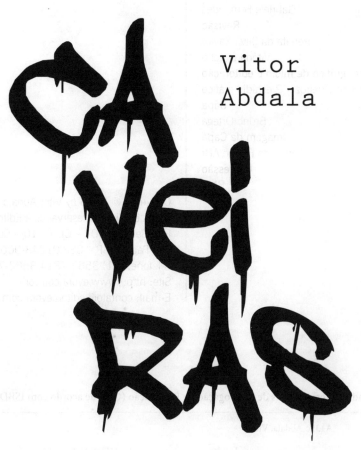
CAVEIRAS

Toda tropa
tem os seus
segredos

generale

Publisher
Henrique José Branco Brazão Farinha
Editora
Cláudia Elissa Rondelli Ramos
Preparação de texto
Gabriele Fernandes
Revisão
Renata da Silva Xavier
Vitória Doretto
Projeto gráfico de miolo e editoração
Lilian Queiroz | 2 estúdio gráfico
Capa
Bruno Ortega
Imagem da Capa
Fernando Frazão/ABr
Impressão
BMF

Copyright © 2018 *by* Vitor Abdala
Todos os direitos reservados à Editora Évora.
Rua Sergipe, 401 – Cj. 1.310 – Consolação
São Paulo – SP – CEP 01243-906
Telefone: (11) 3562-7814/3562-7815
Site: http://www.evora.com.br
E-mail: contato@editoraevora.com.br

Dados Internacionais de Catalogação na Publicação (CIP) de acordo com ISBD

A135c Abdala, Vitor

    Caveiras : toda tropa tem os seus segredos / Vitor Abdala. - São Paulo : Évora, 2018.

    192 p. ; 16cm x 23cm.

    ISBN: 978-85-8461-183-6

    1. Literatura brasileira. 2. Tropa de Elite. 3. Polícia. I. Título.

	CDD 869.8992
2018-1000	CDU 821.134.3(81)

Elaborado por Odilio Hilario Moreira Junior - CRB-8/9949

Índice para catálogo sistemático:

1. Literatura brasileira 869.8992

2. Literatura brasileira 821.134.3(81)

PRÓLOGO

SERGINHO

O menino correu pelas ruas escuras da favela olhando a todo momento para trás. Seus perseguidores gritavam para que parasse, mas ele sabia que não deveria. Talvez conseguisse chegar à sua casa se tivesse sorte. Era sua única chance. Em sua ingenuidade infantil, esperava que a mãe o protegesse.

Estava descalço e vestia uma suada e puída camisa da seleção argentina, que tinha ganhado do filho de um dos patrões de sua mãe. Quando a roupa ficou pequena para o "patrãozinho", depois de pouquíssimo uso, foi dada de presente para Sônia.

Serginho ganhara a camisa quando tinha 10 anos. Na época, ficara um pouco grande. Dois anos depois, no entanto, a camisa parecia cair melhor em seu corpo que, apesar de franzino, já dava sinais de que seria alto.

Era uma camisa quase nova quando Serginho a ganhou, mas que ficou surrada de tanto que ele a usava. Chegou a ganhar o apelido de Messi, não porque jogasse bem, embora sonhasse ser jogador de futebol, mas porque usava a velha camisa dez, azul e branca, em toda pelada.

Agora aquele sonho parecia distante. Ele só queria ser rápido. O mais rápido possível. Cinco homens fortemente armados o perseguiam pelas ruelas da comunidade do Parque Boa Esperança, no bairro do Caju, na zona portuária do Rio de Janeiro.

Serginho imaginava que sua mãe estaria morrendo de preocupação com o fato do filho não estar em casa. E ele estava certo. Sônia havia retornado do trabalho no início da noite e sentiu a ausência do menino.

A preocupação da mãe se justificava porque policiais faziam uma operação na comunidade quando Sônia chegou. Uma hora depois, seu filho ainda não havia retornado para casa.

Ignorando os riscos à sua própria vida, ela chegou a sair pelas ruas procurando Serginho, mas não o encontrou nem na pracinha, nem no campinho de terra, nem nas ruas próximas.

No momento em que o tiroteio começou, Serginho buscou abrigo na mureta da varanda de um bar, mas sua mãe não sabia disso. Ele ficou mais de uma hora agachado ali, até os tiros cessarem. Então percebeu que era hora de voltar para casa, para não matar a mãe de preocupação.

Ele só não contava que fosse dar de cara com aqueles homens executando a sangue-frio o Cinco Sete, gerente de uma das bocas de fumo da comunidade. Serginho ainda tentou evitar, pois não queria testemunhar aquilo, mas viu quando três tiros foram disparados no bandido.

Nem deu tempo de se esconder de novo. Um dos assassinos percebeu que Serginho estava ali. O menino sabia que aqueles homens o matariam sem pestanejar. Um ano atrás, ele já tinha perdido um amigo, dois anos mais velho que ele, que também fora executado. Por isso correu. Correu tanto quanto pôde.

Já na ruela onde morava, Serginho usou seu último fôlego para dar uma acelerada final e entrar correndo em casa. A mãe, que estava sentada no sofá, imóvel, rezando pela vida do filho depois de uma busca frustrada na favela, assustou-se com a chegada repentina do menino.

Serginho trancou a porta e se agarrou à mãe, que retribuiu o abraço, aliviada.

Os dois ainda estavam abraçados no sofá quando a porta foi arrombada e cinco homens vestidos de preto entraram na casa.

Enquanto um deles ficou na porta, três começaram a vasculhar a casa. O quinto invasor aproximou-se de Sônia, apontando o cano do fuzil para seu rosto, sem falar nada.

– Por favor, moço. Não tem bandido aqui. Somos só eu e meu filho – disse a mulher, enquanto se levantava do sofá ainda agarrada ao filho.

Em silêncio, o homem deu um tapa na cara dela.

– Tá limpo. Não tem mais ninguém – falou um dos invasores depois da busca pela casa.

O homem que encarava a mulher jogou o fuzil nas costas e puxou Serginho pelo braço, desgrudando-o da mãe com violência. Ela deu um grito de desespero.

– Você tá machucando meu filho!

Outro homem aproximou-se de Sônia e bateu com a coronha do fuzil no rosto dela. A mulher caiu no chão e o sangue começou a escorrer da maçã de seu rosto. Ela colocou a mão no ferimento, chorando e soluçando, e reconheceu seus agressores.

Todos usavam fardas pretas, luvas, coturnos e balaclavas que a impediam de ver seus rostos. Mesmo sem ter a possibilidade de identificá-los individualmente, Sônia sabia a que grupo eles pertenciam.

Seu filho foi arremessado contra o sofá. Um dos homens, que se posicionou do outro lado da sala, sacou uma pistola do coldre que ficava em sua perna esquerda. O menino colocou as mãos sobre o rosto, em um gesto inconsciente de autodefesa, e pediu para não ser morto.

A mulher tentou levantar-se e correr em direção ao filho, mas um dos homens de preto chutou seu ombro e ela caiu desajeitadamente no chão.

O homem mirou na testa do menino e apertou o gatilho.

CAPÍTULO 1

A CARTA

Aos cuidados do editor de polícia do jornal O Carioca.

Geraldo, como já tinha conversado contigo por telefone, estou me desligando do jornal depois de cinco anos como repórter da editoria de polícia. Não tenho como continuar trabalhando devido aos riscos que isso envolveria.

Na verdade, não tenho nem como continuar morando nesse país, onde vivi todos os meus 29 anos.

Parte da história, você já conhece, principalmente o início dela, mas você não sabe dos detalhes. Tampouco sabe sobre como, por causa dela, estou sendo forçado a abandonar tudo e a desaparecer de vez.

Escrevo essa história porque quero deixá-la registrada e desejo vê-la publicada, se você tiver a coragem e a liberdade para imprimi-la nas páginas do jornal, ainda que seja uma forma editada e resumida desse relato. Imagino que você vá querer eliminar, por exemplo, as partes que mencionam seu nome, mas não me importo.

Se não for possível publicar no jornal, peço que repasse esse material para algum conhecido seu que possa fazê-lo. É importante que essa história seja contada, porque todos precisam conhecer a verdade.

As páginas estão todas escritas à mão, porque onde me escondo não tenho acesso a um computador e seria muito mais demorado escrever tudo isso na tela de um celular.

Poucos vão acreditar no que estou contando, mas eu tenho provas. Tenho fotos, vídeos e gravações de depoimentos, que estão nesse mesmo pacote, junto com o manuscrito.

Os nomes de algumas pessoas foram modificados para que elas não sejam identificadas. Fora isso, no entanto, tudo aconteceu exatamente como relatado.

Enfim, essa é a história de como minha vida virou do avesso em duas semanas, logo depois de ter iniciado aquela apuração sobre a morte de uma criança de 12 anos na comunidade do Caju.

Fiquem em paz. Foi bom trabalhar com vocês.

Abraços,
Ivo

***

Soube da morte do Serginho por acaso. Chegou ao meu conhecimento que havia um tiroteio numa das comunidades do bairro do Caju. Como eu sempre fazia nessas situações, avisei o chefe de reportagem e corri para a favela. Como repórter policial, estava acostumado a cobrir esse tipo de ação.

Cheguei ao local a tempo de ver os carros do Batalhão de Operações Especiais, o Bope, unidade de elite da Polícia Militar do Rio de Janeiro, deixando a comunidade. O tiroteio tinha acabado.

Havia apenas eu e mais três repórteres fazendo a cobertura daquela história. Mas meus colegas haviam chegado antes de mim e apurado as informações sobre a ação. Os três estavam satisfeitos com o que tinham e voltariam para suas redações.

Como havia chegado depois da "festa", decidi me deslocar até a delegacia de São Cristóvão, onde seria registrada a ocorrência, para conseguir informações. Àquela altura eu não tinha ideia de onde estava me metendo. Para mim, parecia apenas mais uma ocorrência rotineira em que falamos com os policiais e pegamos o balanço da operação, ou seja, o número de vítimas, de prisões e de apreensões (de armas e drogas).

Foi só depois, quando já estava envolvido até o pescoço com aquela história, que percebi que aquilo não tinha nada de rotineiro.

Cheguei à delegacia logo depois dos dois carros do Bope que se dirigiram ao local para registrar a ocorrência. Eu era o único repórter ali.

Logo que desci do carro de reportagem, procurei o policial mais graduado para que me passasse informações sobre a ação no Caju. Dos oito policiais que foram à delegacia, um subtenente era o que tinha a patente mais alta. Era com ele que eu precisava falar.

O policial, que carregava dois dos fuzis apreendidos, me ignorou e entrou pela porta de vidro da delegacia. Fui atrás dele, mas não consegui nada. Ele entrou na área de registros de ocorrência e fui barrado por um dos inspetores.

Olhei para o lado e percebi outros dois policiais militares que entravam na delegacia com o material apreendido. Já os tinha visto em operações anteriores do Bope, mas nunca havia conversado com eles.

Nenhum deles parecia muito disposto a falar qualquer coisa, mas eu precisava tentar, para obter as informações necessárias e escrever minha reportagem. Abordei-os no saguão da delegacia.

Apesar da minha insistência, eles também se recusaram a dizer qualquer coisa. Os dois deixaram o material lá dentro. Um deles permaneceu na delegacia e o outro saiu.

Eu saí logo atrás e fiquei olhando para os seis policiais do Bope em volta de seus carros. Eles estavam calados. Naquele momento, eu poderia ter percebido que havia algo errado com aqueles homens, mas, por algum motivo, não consegui captar aqueles sinais.

Sentei-me num degrau na entrada da delegacia e esperei que o subtenente retornasse. Eu sabia que aquilo poderia demorar, talvez uma ou duas horas, porque o militar ainda precisaria relatar aos policiais civis tudo o que havia ocorrido na ação daquela noite.

Olhei para o meu relógio e vi que eram quase nove horas da noite. Peguei o celular e liguei para a minha casa.

– Oi, amor! Como vocês estão? O Artur já está dormindo?

– Ele dormiu há meia hora. Hoje ele estava elétrico. Não sei o que deu nele. Tentei colocá-lo para dormir às oito, mas ele ficou pulando igual macaco em cima da cama.

Eu saía para trabalhar às cinco da tarde. Minha esposa Fátima era professora e trabalhava de manhã. À tarde, ficávamos juntos. Nosso filho Artur, de três anos, estudava na escola onde a mãe lecionava. Pensando agora em Fátima e Artur, me arrependo profundamente de não ter ido embora da delegacia naquele momento.

– Está tudo bem? – ela perguntou depois que eu fiquei um tempo calado.

– Sim, está tudo bem. Estou numa delegacia em São Cristóvão. Estou só esperando acabar a ocorrência aqui para pegar as informações e voltar pra redação.

Despedimo-nos e desliguei o telefone. O subtenente continuava dentro da delegacia, registrando a ocorrência, com um dos soldados.

Eles só saíram quase uma hora depois e eu continuava sendo o único repórter no local.

Caju é um bairro que fica na zona portuária da cidade. Conhecido por seu enorme cemitério, é uma área cheia de favelas. Apesar de se localizar perto do centro da cidade, é uma área pobre. Um tiroteio ali não atrai tanto a atenção da imprensa, a não ser que afete a circulação de veículos na Linha Vermelha, que é uma via usada para quem se desloca para o Aeroporto Internacional do Galeão. O que não foi o caso.

Se o tiroteio tivesse sido em Copacabana ou em Ipanema, eu teria a companhia de pelo menos dez colegas.

Peguei meu bloco de anotações no bolso e me aproximei do subtenente, para fazer minha última tentativa. E, outra vez, ele ignorou meu pedido de entrevista. Em silêncio, os oito policiais militares entraram nos carros e foram embora da delegacia.

Aquilo era muito estranho. Em meus cinco anos de carreira, nunca havia sido tratado com tanta indiferença quanto daquela vez.

Só havia uma coisa a fazer para salvar minha matéria naquela noite. Entrei na delegacia e falei com o inspetor que registrou a ocorrência. Ele imprimiu uma cópia do registro e me entregou. Ali mesmo, em pé, comecei a ler. Duas pessoas tinham morrido na ação policial.

Os dois eram adultos e, segundo os policiais do Bope, morreram em confronto com a polícia. Um deles era Cinco Sete, um dos gerentes da favela Parque Boa Esperança. O outro era um soldado sem importância chamado Nariga.

Na narrativa dos policiais, eles entraram na comunidade para verificar uma denúncia de tráfico de drogas e foram recebidos a tiros. Os dois criminosos estavam em um beco atirando contra os policiais, quando foram atingidos pelos disparos.

Os policiais militares disseram ainda, segundo o registro de ocorrência, que os dois foram socorridos e levados para o hospital, mas não resistiram aos ferimentos. Essa é uma prática comum da polícia fluminense. Eles nunca deixam os corpos no local onde ocorreu a morte. Sempre mexem na cena do crime com a desculpa de que estão tentando salvar os bandidos.

Em geral, as pessoas já estão mortas quando são "socorridas". O objetivo é apenas atrapalhar a perícia criminal e dificultar possíveis investigações da Corregedoria ou da Delegacia de Homicídios.

Terminei de ler o registro de ocorrência, que ainda informava a quantidade de armas e de drogas apreendidas na ação, e entrei no carro de reportagem. Já tinha informações suficientes para fechar uma matéria.

O tiroteio não tinha atrapalhado o trânsito da Linha Vermelha e já era tarde da noite. Então, era provável que a notícia fosse publicada apenas no site e não chegasse às páginas da edição impressa do jornal. Antes que eu pudesse falar com o motorista para voltar à redação, fui surpreendido pelo som de alguém batendo no vidro do carro. Olhei para fora e vi uma mulher em prantos.

CAPÍTULO 2

O ASSASSINATO

Era pouco antes da meia-noite quando cheguei à redação do jornal, com a cabeça cheia. A mulher que me abordou na porta da delegacia era a mãe de um menino de 12 anos que havia, na versão dela, sido atingido na cabeça por um tiro no Parque Boa Esperança, no Caju. Segundo a mulher, seu filho tinha sido assassinado por policiais, dentro de sua própria casa, sem qualquer motivo. Depois, levaram o corpo para um valão e o jogaram lá.

A mãe conseguiu localizar o filho porque outros moradores viram para onde os policiais levaram o menino.

Ela mostrou seu rosto para mim. Estava inchado e com um grande corte no lado direito. *Foram esses assassinos que me machucaram*, a mulher disse.

Ela se identificou como Sônia e estava destroçada. Serginho, seu único filho, tinha morrido de forma bárbara.

Denúncias assim sempre surgem depois de operações policiais. Muitas vezes os parentes e amigos dos mortos dizem que a polícia executou a vítima.

Nessas horas, é preciso manter a imparcialidade e tentar entender o que realmente aconteceu. Às vezes, os parentes têm razão, mas outras eles só querem justificar a morte de um criminoso, culpando a polícia por um suposto uso desmedido de força.

Entrei em contato com a assessoria de imprensa da Polícia Militar. Em nota oficial, a PM confirmou apenas a morte dos dois bandidos e disse desconhecer o assassinato do menino.

Mas, para confirmar a morte de Serginho, não precisava depender da PM. Eu conseguira confirmar a informação com a Polícia Civil, que, surpreendentemente, tinha enviado peritos ao local naquela madrugada. O caso seria, inclusive, repassado à Delegacia de Homicídios, especializada na investigação de assassinatos na cidade do Rio.

É sempre bom ter cuidado com essas denúncias contra policiais, porque nem sempre elas são verdadeiras. Algumas pessoas gostam apenas de denegrir a imagem da polícia. Algo me dizia, porém, que a PM estava ocultando alguma coisa naquele caso e que valia a pena fazer uma investigação. Talvez os policiais tivessem matado o menino por engano, em meio à adrenalina da troca de tiros na favela.

Havia vários casos em que os PMs confundiam a criança com algum criminoso e a matavam. Se isso aconteceu, era possível que os policiais, ao perceberem que a vítima estava desarmada e que seria difícil sustentar uma versão fantasiosa, tivessem largado o corpo no valão.

Os policiais tinham várias formas de encobrir suas cagadas: ou diziam que tinham matado a vítima em legítima defesa; ou davam um sumiço no corpo; ou afirmavam que a vítima havia sido morta por bandidos da própria favela; ou que ela tinha sido atingida por uma "bala perdida".

E, mesmo nesse último caso, em geral, eles insistiam que a bala tinha saído, com certeza, das armas dos bandidos.

Eu também sabia que, apesar dos apelos da mãe, aquele caso não iria para frente. Se houvesse pressão por parte da imprensa, a Polícia

Civil, no máximo, faria alguma investigação, sem muito empenho. Mas, certamente, não se empenharia em apurar aquilo a fundo e o inquérito acabaria arquivado, como na esmagadora maioria dos casos de balas perdidas ou execuções policiais.

Apesar da histórica rixa entre as polícias Militar e Civil, os civis nunca se empenhavam em investigar os abusos cometidos por seus colegas militares. Talvez porque, no fundo, eles fizessem as mesmas cagadas. Ou apenas porque compartilhassem a opinião, de grande parte da população, de que se um jovem morreu na favela, provavelmente estava fazendo alguma coisa errada: ou era bandido ou estava no lugar errado, na hora errada. Mesmo que esse "jovem" fosse uma criança de 12 anos.

Em minha não tão longa carreira, já tinha feito boas reportagens sobre crimes cometidos por policiais. Em pelo menos duas ocasiões, conseguira ajudar os policiais civis a comprovar execuções cometidas por seus colegas militares. Por uma delas, tinha recebido um prestigiado prêmio jornalístico.

Mas sabia que, apesar de meu esforço, não seria capaz de mudar a realidade. A indignação da imprensa e da população, em geral, durava apenas alguns dias. Depois disso, tudo era esquecido.

Apesar das capas de jornal e dos prêmios, eu não conseguia mudar o comportamento dos policiais. A violência e o costume de agir fora da lei fazem parte da cultura da polícia brasileira desde sempre.

Naquela ocasião, fiz o que podia. Reportei a versão da mãe com todos os detalhes. Contei sobre o menino, que era estudante de uma escola pública, adorava jogar futebol, não perdia um jogo do Flamengo e sonhava ser um jogador profissional. "O sonho foi interrompido por um tiro", dizia o meu texto, de uma forma um tanto clichê.

Segundo a mãe, cinco policiais tinham entrado em sua casa. Mas não eram PMs comuns. Eles usavam fardas pretas e traziam, nos seus braços esquerdos, um símbolo macabro: um crânio atravessado por uma faca à frente de dois revólveres cruzados.

Os homens não usavam tarja de identificação, então ela não pôde ver seus nomes. Mas aquele símbolo colado em sua farda os denunciava. Ela e todos no estado do Rio de Janeiro conheciam aquele desenho. Eles eram "caveiras", homens do Bope.

Aquilo fazia sentido, porque era justamente a unidade policial que fazia a operação na comunidade do Parque Boa Esperança naquele dia.

A mulher contou que os homens pareciam estar procurando bandidos, como, em geral, eles fazem. Mas, para o horror de Sônia, puxaram Serginho de seus braços e o executaram com um tiro na cabeça.

Ela dizia que o menino não estava armado e que ele nunca se envolvera com criminosos.

Era um relato forte, mas um pouco estranho. A polícia do Rio é conhecida pela violência, mas eu acreditava ser improvável que policiais executassem uma criança desarmada dentro de sua própria casa sem que houvesse uma razão, ainda que torpe.

Pensei que os policiais pudessem realmente ter matado a criança ao achar que ela estivesse armada e que, ao ver que tinham cometido um engano absurdo, jogaram o corpo no valão.

Eu acreditava que a mãe do menino talvez estivesse exagerando um pouco para chamar a atenção da imprensa e para fazer o crime dos policiais parecer mais odioso.

De qualquer forma, eu acreditava no núcleo básico da história: os policiais tinham matado o menino, haviam jogado o corpo no valão e esperavam se safar dessa.

Saí da redação por volta das quatro horas da manhã.

***

Naquele mesmo dia, cheguei à redação mais cedo do que de costume. Era um pouco depois das quatro da tarde quando fui falar com meu chefe e editor de polícia do jornal. Queria ir fundo naquela história do Caju. Meu faro jornalístico me dizia que eu encontraria alguma coisa se apurasse aquilo até o fim.

– É só mais uma criança de favela, Ivo. A polícia já disse que não teve nada a ver com a história. Provavelmente o moleque se envolveu com as pessoas erradas na comunidade e os bandidos mataram ele. Foi isso.

Geraldo era um jornalista das antigas. Dos 61 anos de idade, 40 tinham sido dedicados ao jornalismo. Em seus tempos de repórter, havia sido um ótimo apurador de notícias policiais. Mas tinha uma relação especial e familiar com a polícia que, às vezes, o impedia de ter uma visão imparcial sobre a instituição.

Ele era filho e irmão de policiais. Mesmo estando careca de saber que a polícia fazia um monte de merda, ele sempre tendia a acreditar na versão policial. Além disso, como a maioria dos editores de jornais no Rio de Janeiro, era defensor da tese de que uma morte ocorrida numa favela do subúrbio tinha menos valor do que um furto de celular na Praia de Ipanema.

– Eu concordo que a versão da mãe pode ser um pouco exagerada, Geraldo. Mas dá para ver que tem algo errado na história. Eu conversei pessoalmente com ela. Estava realmente arrasada com a morte do filho e não parecia estar contando uma mentira. Ela foi sozinha à delegacia e prestou queixa contra os policiais, mesmo sabendo que isso colocaria sua vida em risco.

– Por que os policiais do Bope, altamente treinados, entrariam na casa do moleque e o assassinariam a sangue-frio se ele não estivesse armado?

Cocei minha cabeça e olhei para o meu chefe. Era justamente essa a parte da história que não parecia fazer muito sentido.

– Eu concordo com você. Como disse, talvez ela tenha exagerado um pouco. Talvez o menino não tenha sido executado. Acredito que os policiais o mataram por engano, dentro de casa. Eles podem ter achado que a criança estava armada e a mataram. Depois que viram a cagada, tentaram desfazer a cena do crime. Jogaram o corpo no valão, fazendo parecer apenas um acerto de contas dentro da favela.

Geraldo levantou-se e foi até a cafeteira que ficava no canto de sua sala. De costas para mim, perguntou se eu queria uma xícara. Era uma daquelas máquinas de café expresso importadas. Havia ganhado de seu filho de presente de aniversário. De início, ele achou que era frescura, já que ele estava acostumado a tomar o café da garrafa térmica da redação, mas depois se rendeu ao equipamento novo.

Agradeci e recusei a oferta. Eu sabia que ele não gostava muito de compartilhar suas caras cápsulas de café.

– Ivo, você é um ótimo repórter. Tenho que reconhecer isso. Mas, às vezes, esse seu "senso de justiça" é um pé no saco. Esse povo de favela vive inventando mentira para desacreditar nossos policiais. A gente não vai ganhar nada com essa matéria. E você vai ficar mal visto dentro da polícia, justamente a sua principal fonte de informação.

– Geraldo, eu sei que existe esse risco. Mas também sei que jornalismo não é jornalismo se a gente se preocupar em ficar preservando nossas "fontes", só porque podemos perder acesso a elas no futuro, em vez de se preocupar com boas histórias. Além disso, discordo que a mãe do menino esteja mentindo apenas para desacreditar a polícia.

Geraldo virou-se novamente para mim e voltou à sua cadeira, sentando-se. Fez uma cara de contrariedade e completou:

– Tá bom, Ivo. Você pode fazer essa matéria, desde que não prejudique suas pautas do dia. E, como hoje está tranquilo, não vejo problema em você tentar cavar alguma coisa nessa história.

Despedi-me do Geraldo e saí da sala. Estava feliz em poder me aprofundar naquela apuração. Investigar era uma das coisas que me deixavam mais feliz na minha profissão.

Nem liguei meu computador ou me sentei à mesa. Já sabia onde teria que ir se quisesse descobrir a verdade por trás daquilo.

Como os corpos às vezes demoram a ser liberados, era possível que Serginho ainda estivesse no Instituto Médico Legal.

Liguei para o IML e descobri quem eram os legistas que estavam trabalhando naquele dia. Eu conhecia um deles pessoalmente e sabia que ele poderia me ajudar. Já tinha tomado umas cervejas com o Claudinei algumas vezes.

Ele era uma boa fonte, porque era um língua-solta. Não costumava esconder nada dos jornalistas.

Peguei o carro de reportagem e demorei apenas vinte minutos para chegar ao meu destino. O IML ficava na região central da cidade, assim como a redação do jornal.

Cinco pessoas, provavelmente parentes de algum morto, estavam no local. Não encontrei a mãe de Serginho entre eles. Talvez o corpo já fora liberado para o enterro ou talvez a mulher tivesse dado uma saída para comer alguma coisa. Torci para que fosse a segunda opção.

Olhei para a recepcionista e a reconheci de imediato. Alice era uma gata, uma morena de olhos azuis, aluna de jornalismo que fazia um bico na Polícia Civil para pagar seus estudos.

– Alicinha, meu amor...

Ela abriu um sorriso que deixaria qualquer um apaixonado.

– Lá vem você... O que quer dessa vez?

– Sérgio Barros da Silva. Possivelmente morto por policiais do Bope. O corpo ainda está aí?

– O que eu ganho se te ajudar com isso?

– Eu diria que você ganharia um jantar, mas sou casado e ouvi dizer que você tá saindo com um policial. Então, saiba apenas que, quando você se formar, vou falar muito bem de você pros meus chefes, lá no *Carioca*.

– E quem disse que eu quero trabalhar naquele jornalzinho de bairro?

– Ah, linda. Assim você machuca meu coração. Nós somos o maior jornal da cidade e você sabe disso.

– Eu quero trabalhar na TV. Aparecer no telejornal e ser correspondente em Nova York.

Não consegui segurar meu riso. E ela também riu.

– Tá bom, filha. Mas antes disso acontecer, você vai ter que comer muita poeira e desviar de muita bala em tiroteio no Rio de Janeiro.

– O corpo do menino está aqui ainda.

– A autópsia já foi feita?

– Não tenho como dizer, Ivo.

– O Claudinei me disse que está de plantão hoje aqui. Posso falar com ele?

Ela deu outro sorriso hipnotizante.

– Ivo, você sabe que eu não posso deixar você falar com os peritos aqui dentro do IML. É contra as regras da Polícia Civil.

– Sim, eu sei. A regra da Polícia Civil é tentar passar o mínimo de informação para os jornalistas e deixar a gente nas mãos daquela assessoria de imprensa incompetente.

– Não posso te ajudar, mas você sabe o que tem que fazer... – disse Alice, piscando um olho.

Sim, eu sabia o que fazer. Saí da recepção do IML e, discretamente, dei a volta no prédio. Andei até a porta dos fundos, onde os cadáveres entravam e saíam. Mandei uma mensagem para o Claudinei e pedi que ele fosse até lá para conversar comigo, longe dos olhos de todos.

Enquanto andava até os fundos do prédio, vi que a mãe de Serginho ainda não estava por ali. Esperei quinze minutos até que o legista saísse para falar. Cumprimentamo-nos como velhos amigos. Já tinha perdido as contas de quantos plantões eu havia feito na porta do IML para apurar notícias.

– E aí, meu velho? O que conta de novo?

Claudinei apertou minha mão e deu um tapinha no meu ombro. Eu não sabia sua idade, imaginava apenas que ele fosse um pouco mais velho que eu. Era provável que tivesse uns 35 ou 36 anos.

– Ralando pra pagar o leite do meu moleque... Se eu fosse médico que nem você, tava mais tranquilo – brinquei com Claudinei.

– Cara, eu não sou nenhum Ivo Pitanguy. Eu trabalho na Polícia Civil do Rio de Janeiro.

Eu ri e fui direto ao assunto.

– Eu tô atrás de informações sobre um menino de 12 anos que foi trazido para cá na madrugada de hoje, o Sérgio Barros da Silva.

– Sim, eu soube que o corpo de um menino deu entrada aqui... – ele disse, sem se estender no assunto.

– Eu tô fazendo uma reportagem sobre o caso dele...

– A autópsia não ficou comigo. Foi o Roberval que ficou encarregado do menino.

Aquilo foi um balde de água fria. O Roberval era um dos legistas que eu não conhecia.

– O corpo ainda tá aí?

– Acho que sim. O que tem o moleque? – perguntou Claudinei.

– A mãe diz que ele foi executado por policiais. À queima-roupa.

– Cacete. Esses caras só fazem merda.

– Mas eu preciso saber o que o legista descobriu.

– O Roberval é um pouco reservado em relação à imprensa. Mas acho que posso convencê-lo a bater um papo contigo.

Claudinei entrou no prédio depois de eu agradecê-lo. Torci para que ele conseguisse convencer o colega. A palavra do perito era essencial para confirmar execuções.

Claro que eu ainda teria que aguardar os laudos da perícia que o Instituto de Criminalística fizera no local da morte e dos exames de balística, para confirmar a versão da mãe e saber se a bala saiu das armas dos policiais.

Esses laudos demorariam um pouco mais. Mas, por ora, eu poderia pelo menos confirmar se o menino fora executado.

Depois de algum tempo, Roberval chegou acompanhado de Claudinei, que nos apresentou e falou boas coisas sobre mim. Depois, foi embora, deixando o legista, que era meio careca e meio grisalho, sozinho comigo.

CAPÍTULO 3

A AUTÓPSIA

Roberval me chamou para entrarmos no IML, contrariando a regra besta da Polícia Civil depois que lhe contei a história da mãe de Serginho.

O corpo do menino já tinha sido autopsiado, mas, não se sabia por quê, continuava no IML, causando ainda mais dor à mãe que já sofria com a perda da criança.

Caminhamos por um corredor que parecia não ser limpo há algumas décadas e entramos em uma malcuidada sala refrigerada, quero dizer, nem tão refrigerada assim, onde os corpos eram mantidos.

Ele apontou para uma gaveta da câmara mortuária e disse que o corpo do pequeno Sérgio estava ali dentro. Mas ele não iria me mostrar por respeito à criança.

No fundo, agradeci aquele gesto de Roberval. Não sou médico-legista e não saberia diferenciar um tiro à queima-roupa de um tiro disparado de longe. Além do mais, não tenho certeza se gostaria de ver o corpo de uma criança.

O legista me contou que o corpo já estava no IML quando o turno dele começou e que era comum haver demora para começar as autópsias.

– Nós estamos na cidade do Rio de Janeiro. De quatro a cinco pessoas são assassinadas por dia. Fora as pessoas que morrem em acidentes ou em outras situações suspeitas – disse Roberval, enquanto me conduzia para outra sala do IML.

A sala era uma espécie de refeitório e era bem mais agradável do que o necrotério, mas apresentava sinais de decrepitude, apesar daquele prédio ter sido inaugurado há menos de dez anos.

Nós dois, que estávamos sozinhos na sala, nos sentamos à mesa do refeitório e Roberval me disse que contaria tudo o que viu, desde que ele se mantivesse anônimo.

Respondi que ele poderia me dar uma cópia do laudo cadavérico, assim eu poderia atribuir as informações ao documento e ninguém saberia quem me passou a cópia.

Ele concordou, se levantou e saiu da sala, dizendo que voltaria em breve. Roberval não demorou para retornar com algumas folhas de papel nas mãos, entregando-as a mim em seguida.

– Aí está o laudo.

Eu olhei o documento, enquanto o legista começava a falar sobre a autópsia.

– Você tem razão. O menino foi executado. O tiro na testa foi disparado de curta distância. Talvez a três ou quatro metros do menino.

O primeiro fato havia sido confirmado. A criança havia sido executada, restava saber por quem.

– Ele provavelmente ainda tentou se proteger do tiro, colocando a mão na frente do rosto. Além da perfuração na testa, dois dedos foram dilacerados pela bala. Eu retirei o projétil. Ele será encaminhado para perícia.

– Meu Deus.

– Mas isso não é o pior. – O legista ajeitou-se na cadeira e aproximou-se de mim. – O menino tinha um furo na garganta.

– Um furo na garganta?

– Sim. Provavelmente foi feito quando o menino ainda estava vivo. O furo se liga à veia jugular interna.

Eu comecei a sentir um mal-estar.

– Alguém perfurou a veia do pescoço do menino, como se quisesse dessangrá-lo. – Ele continuou. – Não posso dizer quem foi o autor do crime, porque isso vai depender de perícias complementares. O que posso adiantar é que o menino foi executado e que perfuraram seu pescoço com algum objetivo, que eu tampouco consigo dizer qual é.

Senti que ia vomitar e Roberval percebeu isso. Ele levantou-se rapidamente e buscou um copo d'água para mim. Acabei me recuperando, sem precisar vomitar ou beber a água do IML, que o legista me oferecera.

– Tudo está nesse documento. Você pode usá-lo, mas se alguém perguntar se fui eu que te dei, vou negar até o fim – disse o legista.

Naquele momento, outra pessoa entrou no refeitório e eu, disfarçadamente, dobrei a cópia do laudo, enquanto Roberval cumprimentava o recém-chegado. Era outro legista.

Agradeci à minha fonte e ele me levou até a porta por onde tínhamos entrado, nos fundos do prédio.

Já estava escuro quando saí do IML. Finalmente, encontrei-me com a mãe de Sérgio. A mulher realmente tinha dado uma saída para lanchar. Contei a ela sobre o resultado da perícia e confirmei que o menino tinha sido executado. Mas ocultei a informação sobre o furo em sua garganta, porque achei que nenhuma mãe deveria saber de detalhes como aquele.

Sônia afirmou que já sabia da execução, porque, como me dissera, ela estava presente no momento do assassinato de seu filho. Ela me mostrou a cópia do registro de ocorrência que ela havia feito na delegacia, na noite anterior.

Conferi o que estava escrito no documento. A mulher havia contado à polícia a mesma história que ela me relatara. Aquilo dava mais credibilidade à versão dela.

Ela me explicou que o caso já estava com a Delegacia de Homicídios, algo que eu já esperava, uma vez que todos os casos de assassinato na cidade do Rio são investigados por essa unidade especializada.

A destroçada mãe acreditava que a DH fosse esclarecer o caso e levar os responsáveis à prisão. Eu era mais cético, mas não quis acabar com suas esperanças.

Apenas tirei foto do registro de ocorrência com meu celular e agradeci à mulher, que ainda ficou esperando pela liberação do corpo do filho.

Meu celular tocou e vi que era Geraldo. Ele precisava da minha ajuda no jornal. Bandidos tinham tentado assaltar um carro-forte, próximo à prefeitura. O tiroteio deixou cinco feridos.

Tentei argumentar com meu chefe, mas ele foi irredutível. Disse que o caso era importante e não havia mais nenhum repórter na redação para cobrir a história.

Geraldo tinha sido um sacana ao me destacar para aquela notícia de última hora na prefeitura, sabendo que eu estava envolvido na apuração da morte do menino. Mentalmente xinguei todos os ancestrais e descendentes do meu chefe, mas percebi que ele ainda não estava convencido da importância da história de Serginho.

Resignado, entrei no carro de reportagem e fui direto para a prefeitura. Enquanto o carro se movimentava, fui me acalmando. A história da execução do menino era boa, mas poderia ficar ainda melhor se eu descobrisse as circunstâncias e tivesse pistas sobre os responsáveis pelo crime.

Mesmo que o Geraldo não tivesse me incumbido de escrever a notícia da tentativa de roubo na prefeitura, eu provavelmente não conseguiria apurar muitas outras coisas sobre a morte de Serginho naquele dia.

O projétil ainda não saíra do IML, portanto o pessoal do Instituto de Criminalística da Polícia Civil não tinha feito o exame de balística. Eu teria que aguardar pelo menos até o dia seguinte para tentar descobrir algo mais sobre aquela bala que destruíra dois dedos e perfurara o crânio do menino.

No dia seguinte eu também poderia tentar obter informações sobre a perícia feita na favela.

Se os peritos pudessem confirmar que não houve troca de tiros dentro da casa de Serginho e que o disparo partiu da arma de um policial militar, eu teria uma reportagem mais contundente. *Quem sabe mais um prêmio à vista?*, pensei.

CAPÍTULO 4

A DIVERGÊNCIA

No dia seguinte acordei por volta das dez horas da manhã. Meu filho ainda estava na escola e, à tarde, ficaria na casa dos pais da Fátima, porque ela teria uma reunião no trabalho.

Antes de lanchar alguma coisa, liguei para um conhecido meu do Instituto de Criminalística. Chicão era perito da Polícia Civil há quase trinta anos. Gente boa, amante de cachaça e de puteiros baratos.

Ele sempre me atendia e, quando eu precisava de alguma informação, Chicão nunca me negava nada.

– Fala, Chicão! O CSI brasileiro!

– Fala aí, Ivo! Tá sumido! Tem meses que você não vem me aporrinhar com suas perguntas!

Ambos rimos ao telefone. Eu ficara muito amigo do Chicão durante uma reportagem que precisei fazer três anos atrás, justamente sobre uma cagada cometida por policiais militares. Os PMs tinham fuzilado um carro na Avenida Brasil, durante a madrugada, achando que havia bandidos dentro dele.

Os três ocupantes do carro morreram crivados de balas. Para o azar dos policiais, não havia bandidos dentro do veículo, apenas três amigos voltando de uma noitada na Zona Oeste da cidade. Um deles era filho de um empresário, dono de uma rede de supermercados.

Ao perceberem o erro que tinham cometido, os policiais alegaram que o carro havia sido roubado por dois assaltantes e que os jovens foram feitos reféns. Os policiais forjaram uma troca de tiros e disseram que os bandidos conseguiram fugir.

Os PMs estavam perdidos de qualquer forma. Sua carreira na polícia poderia ser dada como encerrada mesmo se a versão deles prevalecesse. Mas, pelo menos, eles teriam alguma chance de não ir para a prisão caso convencessem a Justiça de que tinham atirado em legítima defesa.

Na época, colei no Chicão e falei com ele todos os dias por uma semana. Graças a ele tinha conseguido dar o furo jornalístico que a versão do tiroteio, defendida pelos policiais, era falsa. A perícia constatou que o carro dos jovens tinha recebido mais de 50 tiros e o da polícia, apenas três.

Só essa disparidade já demonstraria que algo estranho havia ocorrido. Mas o mais bizarro foi que, para forjar a troca de tiros, os policiais tinham atirado contra a sua viatura, usando, para isso, suas próprias armas.

Talvez os policiais estivessem desesperados para se livrar daquilo. Talvez só fossem burros mesmo. Não foi difícil para a perícia descobrir que os PMs tinham inventado um tiroteio.

– Pois é, liguei porque eu sabia que você tava sentindo minha falta... Então, Chicão, eu tô apurando uma morte no Caju. Um menino de 12 anos, aparentemente executado por policiais.

– Nem tava sabendo.

– Pois é. Saiu só uma notinha no site do jornal, mas ninguém repercutiu a história. Eu tô achando que uns caras do Bope podem ter assassinado o moleque dentro de casa. Segundo a mãe, sem qualquer motivo aparente.

– Eu posso ver pra você se tem alguma coisa relacionada ao caso.

Expliquei para o Chicão que o caso estava com a Delegacia de Homicídios, conforme o que a mãe do menino me afirmara no dia anterior.

– Os peritos foram ao local onde o corpo foi encontrado na madrugada depois da morte, mas não sei se alguém se deslocou até a casa do menino, onde, segundo a mãe, ele foi assassinado – eu disse. – Ela me falou que cinco policiais entraram na casa, agarraram o filho dela e deram um tiro na testa, à queima-roupa.

– Por que eles fariam isso?

– Não faço ideia. Só sei que depois arrastaram o cadáver pra longe. Um dos policiais impediu-a de acompanhar o corpo do filho, mas os vizinhos depois mostraram a ela o local para onde os outros quatro policiais tinham levado o Serginho.

– Qual o nome completo do menino?

– Sérgio Barros da Silva.

Ele repetiu o nome da vítima, como se estivesse anotando-o num pedaço de papel.

– Vou dar uma sondada com a galera lá do Instituto. Eu não participei dessa perícia lá no local do encontro do cadáver, mas pode ser que já tenham feito alguma coisa na casa da criança.

Agradeci e desliguei o telefone depois que ele prometeu me ligar de volta assim que tivesse qualquer informação nova.

Abri a geladeira e vi que precisava fazer compras. Para lanchar, havia apenas um pote de manteiga e uma maçã. Peguei duas fatias de pão de forma e passei a manteiga. Era o que eu teria de café da manhã. Isso seguraria minha fome até umas duas horas da tarde, quando eu desceria para o boteco da dona Lourdes e comeria o prato do dia, que provavelmente seria arroz, feijão, ovo e filé.

Quando minha mulher não estava em casa, era lá que eu almoçava.

***

Estava lendo o jornal quando o celular tocou. Já era quase uma da tarde. Antes mesmo de atender, vi que era o Chicão.

– Fala, Ivo. É o seguinte: não teve e nem vai ter perícia na casa do menino, não. O delegado disse que a perícia no local do encontro do cadáver já foi feita. E que, nesses casos, não há como saber onde o moleque morreu.

– Mas a mãe dele deu um depoimento na Delegacia de São Cristóvão. Ela afirmou que o filho foi morto dentro da casa dela. Tô com a cópia do registro de ocorrência dela aqui no meu celular. Como a Delegacia de Homicídios não sabe qual foi o local da morte?

– Ivo, provavelmente eles não vão querer investigar essa história. O moleque era favelado. Os caras da DH acham que foi acerto de contas dos bandidos da comunidade, então eles pensam que investigar isso é perda de tempo. A perícia no local do encontro do cadáver foi só coisa burocrática mesmo. Aposto que isso vai ser arquivado por falta de provas.

– Chicão, eu fui no IML. Eles comprovaram que o menino foi executado. A polícia não vai investigar a morte de uma criança?

– Olha, vou te dizer uma parada: morreu um menino pobre dentro da própria favela. Isso acontece de montão. A polícia não vai se esforçar pra investigar isso.

Eu não conseguia acreditar que o Chicão encarasse aquilo de uma forma tão natural. Uma criança de apenas 12 anos tinha sido assassinada. O que poderia ser mais importante do que aquilo?

– A bala... O IML tem a bala. Isso pode comprovar o envolvimento de policiais.

– Só se os policiais usaram suas armas oficiais. E você sabe que nem sempre os PMs usam a arma oficial para fazer suas brincadeiras. Se eles usaram uma arma qualquer, uma "arma fria", será impossível rastreá-la.

Aquilo que o Chicão disse fazia sentido. Se a morte do menino foi uma execução planejada, provavelmente tinham usado uma "arma fria".

Muitos policiais apreendem armas de bandidos e não as apresentam às delegacias. Eles as guardam para revender ou usar em ações ilegais.

– E você sabe se eles vão analisar o projétil, pelo menos?

Chicão não sabia responder. Ele disse que tentaria descobrir e que, mais uma vez, me daria um retorno com a resposta.

Infelizmente, aquilo era o máximo que ele poderia fazer por mim. Ele era apenas um perito. Não tomava qualquer decisão sobre o que investigar ou o que periciar. Apenas cumpria ordens e executava seu trabalho conforme determinado por seus superiores.

Despedi-me dele e encerrei a ligação um tanto decepcionado. Era provável que aquela investigação jornalística acabasse em nada. Apesar de a história ser muito boa, se eu não conseguisse comprovar a ligação de policiais do Bope com a morte da criança, não teria nada além da versão da mãe, que, aliás, já tinha sido publicada no site do jornal.

Chicão me ligou algum tempo depois e, sem qualquer floreio, soltou a bomba.

– Ivo, não tem bala nenhuma.

– Como assim, não tem bala nenhuma?

– Eu falei com os amigos do setor de balística e ninguém sabe de nada. Como achei que o projétil talvez ainda estivesse no IML, também liguei para lá e falei com um legista amigo meu. Ele procurou o arquivo do caso e viu que nenhuma bala foi recuperada do corpo do menino.

Aquilo não fazia sentido. O legista Roberval havia falado comigo pessoalmente e garantido que havia uma bala. O laudo da autópsia também dizia que um projétil havia sido encontrado dentro do crânio da vítima.

– Eu olhei o laudo do IML. Ali consta que encontraram uma bala na vítima.

– Pois é, Ivo. Eu também olhei o laudo. Meu amigo do IML me mandou o arquivo. Não há nenhuma referência à bala. Ali diz que o tiro transfixou a cabeça da vítima. Posso te encaminhar, se você quiser.

Só poderia ter havido algum engano.

– Se você puder fazer isso, eu gostaria muito de ver esse laudo.

Chicão me mandou o arquivo e minha perplexidade aumentou ainda mais quando li o documento. Não era só a menção à bala que havia desaparecido. Não havia qualquer referência ao furo no pescoço do menino.

Peguei a cópia do documento original, que o legista Roberval havia me dado. Tanto o projétil quanto o furo no pescoço eram mencionados.

Olhei mais uma vez o arquivo enviado por Chicão. Era mesmo de Sérgio Barros da Silva. A data e horário da autópsia também batiam, assim como a assinatura do legista. No entanto, o conteúdo do documento não era o mesmo.

Eu não conseguia acreditar, mas era óbvio o que tinha acontecido. Por algum motivo, a Polícia Civil estava ocultando provas de uma execução possivelmente cometida pelo Bope.

Se apenas o projétil tivesse sumido do IML, acreditaria que se tratava de um infortúnio. Mas o laudo original também tinha sido adulterado.

Por que o IML tinha sumido com a bala e modificado o laudo cadavérico? Será que o Bope tinha feito alguma pressão sobre o perito?

Isso dificultava minha ideia inicial de provar o crime dos PMs a partir da perícia da Polícia Civil. Por outro lado, abria uma nova possibilidade.

A própria adulteração das provas já rendia uma boa reportagem. "Provas que poderiam condenar ou inocentar policiais de uma acusação de homicídio qualificado somem do IML". Sim, a história era ótima.

Depois do baque inicial, começava a me motivar novamente. Se as provas sumiram é porque havia alguém querendo ocultar uma verdade.

Peguei meu telefone e lembrei-me de que, de forma amadora, eu não tinha pedido o celular do legista responsável pela autópsia de Serginho. Então, liguei para o Claudinei.

– Fala, Ivo. O que você manda?

– Fala, meu velho. Tudo bem? Tava precisando falar com o Roberval. Preciso esclarecer uma dúvida.

– Ainda é o caso do menino?

– É, sim. Aconteceu uma coisa estranha...

Ele pediu um instante para procurar o contato do colega em seu celular.

– O que houve? – perguntou Claudinei, depois de ditar o número para mim.

– Preciso falar com o Roberval primeiro. Depois eu te conto o que tá acontecendo.

Claudinei sentiu a urgência na minha voz e não insistiu mais. Despedi-me dele e liguei em seguida para o celular do Roberval. Para o meu desespero, a ligação caiu na caixa postal.

CAPÍTULO 5

ROBERVAL

Novamente, cheguei ao jornal mais cedo do que de costume. Liguei o computador e esperei que a Estela, minha colega da editoria de polícia, saísse da sala do Geraldo. Eu tinha novos fatos e, dessa vez, conseguiria convencer meu chefe a investir mais na minha investigação especial.

Estela saiu da sala de Geraldo, dirigindo-me um sorriso amarelo, e eu retribuí sem muita vontade. Ela era uma excelente profissional e tinha nascido com o dom para a apuração, mas não íamos com a cara um do outro.

Minha colega era muito competitiva e, em mais de uma ocasião, me passou a perna para conseguir ser escalada para uma pauta melhor. Quando conquistei meu primeiro prêmio jornalístico, ela apenas ignorou o fato.

Entrei na sala do chefe e notei que ele olhava fixamente para a tela do computador. Não sabia se estava lendo alguma reportagem ou jogando paciência.

– Fala aí, chefe. Tudo beleza?

– Fala, Ivo. Tem pauta pra você lá na Polícia Federal. Os caras apreenderam 100 quilos de cocaína num contêiner no Porto do Rio – Geraldo falou para mim, sem me dar a chance de contar as novidades sobre a minha reportagem especial.

– Coisa pra caramba mesmo. Mas os narizes daqui da cidade cheiram isso em uma semana. Tenho uma coisa melhor, Geraldo.

– E o que seria melhor do que os federais posando com 100 quilos de cocaína? – perguntou meu chefe, finalmente tirando os olhos do computador.

– Sabe a história do menino morto no Caju?

– Sim. Daquela mãe que diz que os policiais invadiram a casa dela e assassinaram sem motivo um moleque que nem pentelho tem ainda.

– Geraldo, o negócio é quente. A história pode ser ainda mais absurda. A polícia adulterou o laudo da autópsia e sumiu com a principal prova do crime: a bala que matou o menino.

– Isso é grave. Você tem certeza disso, Ivo?

Assenti com a cabeça e disse que eu visitara o IML. Então mostrei-lhe o laudo original, que tinha sido entregue a mim pelo legista Roberval. Ele leu o documento, enquanto bebericava o café expresso.

– Aqui diz que o IML recuperou um projétil da cabeça do menino.

– Exatamente... Agora olha isso.

Mostrei a cópia do segundo laudo, que tinha recebido do Chicão. Geraldo coçou o queixo e, depois de ler, ficou olhando o documento de cima a baixo.

– É da mesma vítima?

– Sim. Olha aqui o nome: Sérgio Barros da Silva. É do menino. E olha só quem assinou.

– O mesmo legista... Quem te arranjou esse outro documento?

– Um amigo. Ele é confiável. Conheço ele há quase tanto tempo quanto trabalho aqui.

– Mas por que eles fariam isso? Se a polícia quisesse encobrir a história desde o início não seria mais fácil adulterar as coisas logo no primeiro laudo?

– É isso que eu preciso descobrir. Além da execução, eles estão tentando ocultar as provas.

– Por que, então, o legista aceitou se encontrar com você e contar toda a história, se depois ele mudaria o laudo cadavérico e sumiria com a única prova?

Coloquei as duas mãos na mesa e me debrucei sobre ela, aproximando-me de Geraldo.

– E se a polícia não pretendesse encobrir a história desde o início? Talvez a polícia só tivesse decidido mudar a versão da história depois.

– E por que a Polícia Civil iria acobertar deliberadamente uma cagada cometida pela Polícia Militar?

Eu não tinha a resposta para aquela pergunta, mas tinha algumas hipóteses.

– Geraldo, a mãe do menino registrou a ocorrência na Delegacia de São Cristóvão. Acredito que, quando o registro foi feito e a perícia foi realizada no local do encontro do cadáver, os policiais militares ficaram sabendo e provavelmente ficaram preocupados quando o caso chegou à Delegacia de Homicídios.

– Você acha que os PMs podem ter pressionado a Polícia Civil?

– Geraldo, você sabe que a Polícia Civil não tem muita vontade de investigar crimes cometidos por outros policiais. Mas, mesmo assim, um inquérito pode acabar descobrindo a verdade. E se os policiais do Bope não quiseram correr esse risco?

Geraldo balançou a cabeça, como se não concordasse com o que eu dizia.

– Não. Isso não faz sentido. Os PMs não se exporiam dessa forma. Forçar a Polícia Civil a adulterar provas é praticamente assinar uma confissão de culpa. Não acho que os policiais do Bope fariam isso.

Geraldo tinha razão. Seria mais fácil contar com a falta de disposição dos investigadores em apurar a história do que correr o risco de serem pegos numa tentativa de pressão.

– Talvez o comandante do Bope ou até o comandante-geral da PM tenham se envolvido. Se essa execução for confirmada e a história vier a público, a reputação da tropa de elite será manchada. Isso não interessa a ninguém da Polícia Militar. – Arrisquei um palpite, depois de algum tempo refletindo.

– Talvez...

– Mas é justamente isso que quero descobrir. O que aconteceu? Por que o Roberval mudou o laudo dele? Quando nós dois conversamos, ele não parecia disposto a acobertar nada.

Geraldo me fitou em silêncio por algum tempo.

– Tá bom, Ivo. Eu vou passar a matéria da apreensão dos federais pra outro repórter. Pode correr atrás dessa história. Talvez você esteja certo. Isso está estranho... E eu confio no seu faro jornalístico.

Deixei a sala ao mesmo tempo que tentava ligar para o Roberval. Mais uma vez, sem sucesso. O celular do legista continuava desligado.

Voltei à minha mesa e fiquei quase meia hora olhando os documentos com calma: o registro de ocorrência do Bope, o registro da mãe do Sérgio e os dois laudos destoantes do IML. Em seguida, verifiquei os e-mails que tinha recebido. Depois de algum tempo, tentei de novo falar com o Roberval. Caixa postal.

Liguei para o Claudinei mais uma vez. Precisava saber se o Roberval tinha outro celular ou se o meu amigo sabia onde ele morava.

Claudinei disse que não tinha nenhum outro número, mas me deu o endereço do colega. No jornalismo, temos que pensar e agir rápido, porque trabalhamos contra o tempo. Pedi um carro de reportagem e me desloquei até lá.

O legista morava num prédio antigo, com arquitetura *art déco* da década de 1930, no bairro do Flamengo, na Zona Sul da cidade.

Não havia ninguém na portaria, então interfonei direto para o apartamento do Roberval.

O interfone chamou por algum tempo, até que encerrou a ligação. Tentei mais uma vez e novamente deixei tocar até a ligação ser cortada.

Uma senhorinha com um cachorro *shih tzu* aproximou-se de mim e cumprimentou-me com um boa-noite enquanto abria a porta do prédio.

– Você está procurando alguém? – perguntou a simpática moradora.

– Sim. Estou tentando falar com o doutor Roberval. Mas ele não está atendendo.

– Você é amigo dele?

– Sim, trabalho com ele no IML – respondi, mentindo, para tentar parecer mais íntimo do que realmente era.

– Por que você não entra e tenta tocar na casa dele? – sugeriu inesperadamente a senhora, ignorando os riscos que eu poderia oferecer a ela e a todos os outros moradores. – O nosso interfone, às vezes, não funciona muito bem.

Enquanto entrávamos no prédio, o cachorro da mulher ficou cheirando-me de forma persistente e irritante. Se ela não tivesse sido tão simpática comigo, eu seria capaz de chutar a bola de pelo. Não sou de maltratar animais, mas estava começando a ficar impaciente com aquela situação. Precisava encontrar o Roberval o quanto antes.

– Hércules, deixa o moço – a senhorinha disse, finalmente puxando seu animalzinho para longe da minha perna, talvez pressentindo que eu poderia fazer uma maldade com o cachorro.

Ela se dirigiu ao elevador e eu decidi ir pela escada. Afinal, o legista morava no segundo andar.

– Obrigado, senhora.

– Não por isso.

Subi a escada intercalando degraus, sem conseguir controlar minha ansiedade.

A história era uma reportagem exclusiva, então ela não precisaria ser publicada no dia seguinte. Mas, mesmo não tendo a obrigação de publicar rápido, sentia que precisava correr com a minha apuração. Sempre que eu tinha uma ótima história nas mãos, ficava ansioso para publicá-la depressa.

Talvez fosse o medo inconsciente de qualquer jornalista de perder a oportunidade de dar um furo de reportagem. Mas poderiam ser apenas sinais de uma crise de ansiedade.

Cheguei um pouco sem fôlego ao segundo andar, depois de subir quatro lances de escada. Precisava voltar a fazer exercícios urgentemente. Desde que Artur nascera havia parado de jogar minha pelada semanal.

Procurei pelo apartamento 203 e apertei a campainha. Nada. Provavelmente Roberval não estava em casa. Tampouco estava no IML, já que havia trabalhado no dia anterior.

Liguei novamente para o telefone do legista, mas ele continuava sem atender.

– Onde esse cara se meteu?

Havia uma infinidade de possibilidades: no supermercado, num restaurante, num boteco.

Numa última tentativa, bati à porta e, instintivamente, tentei a maçaneta. Para minha surpresa, ela estava aberta. O apartamento estava escuro, então busquei o interruptor e acendi a luz da sala.

Senti-me um criminoso por invadir o apartamento de alguém. Mas, ao mesmo tempo, tinha o pressentimento de que havia algo errado. Mesmo sabendo que podia haver um milhão de motivos para Roberval não atender ao telefone nem estar em casa, havia algo estranho.

A casa estava assustadoramente silenciosa. Olhei para o corredor do apartamento e uma fraca luz saía da fresta da porta do último quarto. Caminhei vagarosamente. E se Roberval chegasse agora e me flagrasse invadindo seu apartamento? Pior, e se ele estivesse morto dentro de sua casa?

Morto dentro de casa...

Não sei por que pensei nessa hipótese. Provavelmente por causa do silêncio perturbador e dos cômodos escuros.

Aproximei-me da porta do quarto. Um vento entrava pelas janelas semiabertas do apartamento, gerando um assobio sinistro. *E se ele estiver morto, caído na cama com os olhos arregalados?* Sem muita vontade, empurrei devagar a porta até que ela abrisse.

Não havia ninguém ali dentro. Do banheiro, vinha apenas o barulho de água pingando. *E se ele estiver morto dentro da banheira?* E por que estaria? Tirei o pensamento da cabeça. Mesmo assim, todos os pelos da minha nuca se arrepiaram enquanto eu caminhava até o banheiro.

Sem coragem, fui até a porta. Fiquei com vontade de colocar a mão na frente dos meus olhos para evitar o susto, como se estivesse assistindo a um filme de terror. Mas isso era ridículo demais.

Havia mentido para entrar no prédio e invadido a casa de uma pessoa que eu conhecia apenas vagamente. Nunca tinha ido tão longe para apurar uma história.

A porta estava totalmente aberta e, quando olhei lá dentro, não havia nada. O banheiro estava vazio. O barulho de água pingando vinha da torneira da pia.

Roberval não estava no apartamento nem vivo nem morto.

***

Quando voltei para minha casa, Fátima ainda estava acordada. Era meia-noite. Minha cabeça estava cheia. Eu não tinha ideia do que fazer para entrar em contato com o Roberval. Talvez conseguisse falar com ele pela manhã.

E se ele estiver morto? Não sabia por quê, mas esse pensamento continuava me atormentando.

Tentei afastar essas ideias ruins e abracei minha mulher. Havia tempo que não fazíamos sexo. Ela recebeu bem minha investida.

Ela também sentia falta. Eu precisava pensar menos no trabalho e mais na minha família. Às vezes, em busca de boas reportagens, perdia oportunidades de vivenciar momentos preciosos com Fátima e Artur.

Afinal, o motivo de trabalhar tanto era justamente garantir um conforto para mim e para minha família. Não podia ser dominado pelo trabalho. Precisava lembrar-me do que era mais importante para mim.

Naquele momento em que suávamos juntos na cama, pelo menos naquele momento, esqueci-me do Bope, do assassinato da criança, do Roberval e do laudo forjado do IML.

CAPÍTULO 6

SARGENTO JAIR

Naquela noite, sonhei que estava cobrindo um tiroteio em uma favela que a confusão do meu sonho não me permitia saber qual era. A operação era do Bope.

Eu tinha subido com um grupamento deles, no meio de um pesado fogo cruzado. Não vestia colete à prova de balas nem capacete, equipamentos que o jornal me obrigava a usar, mas que não evitariam minha morte se uma bala de fuzil atingisse uma parte importante do meu corpo, como a barriga, o tórax ou a cabeça.

Eu ia atrás dos caveiras. Chegamos a um ponto onde, de repente, tudo ficou silencioso. Olhei em volta e me vi cercado por vários policiais. Parecia que toda a tropa estava ali, dezenas de homens de preto. Não fazia qualquer ideia de onde todos eles tinham saído. De alguma forma, apareceram ali e ficaram me olhando.

Tentei falar com eles, mas tudo o que faziam era me encarar em silêncio. Em algum momento, percebi que todos usavam máscaras.

Não eram as balaclavas que, muitas vezes, policiais usam em operações. Eram máscaras de pano, estampadas com uma face de caveira, que cobriam completamente o rosto. Os olhos dos PMs ficavam ocultos sob o tecido, mas, mesmo assim, sabia que eles me encaravam. Um deles se aproximou de mim com a pistola apontada para a minha testa e atirou quando estava a uma distância de uns dois metros.

Mas eu não morri. Mantive-me vivo e consciente. Vi quando outro policial se aproximou e perfurou meu pescoço com uma agulha. Fiquei ali, agonizando, enquanto todos aqueles policiais com máscara de caveira permaneciam impassíveis.

Acordei na minha cama desesperado, tentando estancar um sangramento onírico no meu pescoço. Fátima apenas virou-se para o outro lado, sem despertar. Olhei para o relógio e vi que ainda eram quatro horas da manhã, mas, com o pesadelo, havia perdido o sono.

Levantei-me e chequei o Artur em seu quarto. Dormia tranquilo e, até aquele momento, seu colchão estava seco. Havíamos tirado suas fraldas há algum tempo, mas, eventualmente, ele ainda urinava na cama.

Coloquei o cobertor sobre seu corpo e deixei o quarto da forma mais silenciosa possível para evitar acordá-lo.

Fiz um café e comecei a comer um pão sem recheio. Ainda estava cansado, mas eu sabia que, mesmo que tentasse, não conseguiria pegar no sono de novo.

Abri o computador e acessei meu e-mail. Bocejei mais uma vez e meus olhos se encheram de lágrimas. Comecei a olhar as mensagens.

O ruim de ser jornalista é que seu e-mail fica cheio de mensagens inúteis. Muitas vezes são assessores de imprensa que tentam colocar pautas de seus clientes na mídia. A maioria dessas mensagens excluo sem abrir.

Dessa vez, no entanto, a primeira mensagem atraiu minha atenção. Vinha de um remetente identificado como sargento Zero. No assunto estava escrito apenas "Bope: morte no Caju". O e-mail chegara havia apenas quinze minutos.

Meu coração acelerou. Quem era aquele sargento Zero? A internet estava lenta e a mensagem demorou um pouco para ser aberta.

Quando finalmente abriu, as batidas do meu coração ficaram ainda mais aceleradas.

"Eles sabem que você está investigando. Tome muito cuidado! Eles não são o que você pensa."

Que merda de mensagem era aquela? Não conseguia imaginar quem seria o remetente, porque o endereço do meu e-mail era publicado junto com as minhas reportagens no site e, portanto, estava acessível a qualquer pessoa.

Se fosse apenas um leitor, como ele saberia que eu estava investigando a morte do menino da favela do Caju? Simples, havia publicado uma nota no site logo depois da morte da criança.

Cliquei em responder.

"Quem é você?"

Enviei. Dei uma mordida no pão sem recheio e tomei um gole do café.

Fiquei igual a um maluco atualizando repetidamente a tela do computador até que, algum tempo depois, uma nova mensagem de sargento Zero apareceu. O assunto desta vez era "Bastidores do Bope".

Sargento Zero afirmava ser um ex-integrante do Batalhão de Operações Especiais.

"Você precisa saber que está se envolvendo em algo muito perigoso e que está mexendo com coisas que escapam à nossa compreensão. Você não está lidando com policiais, mas com monstros que não medem esforços para manter suas práticas em segredo. O único conselho que posso te dar é: pare de investigar imediatamente, deixe isso pra lá. Mas se você for corajoso ou louco o suficiente para continuar com isso, acho que posso te ajudar."

Sabia exatamente onde estava me metendo. Denunciar policiais corruptos ou matadores não figura na lista de prioridades de qualquer pessoa sensata. Mas, para muitos jornalistas, falta um mínimo de sensatez.

Nunca tive medo de morrer enquanto apurava minhas histórias. Sempre entrei em qualquer favela. Sempre acompanhei tiroteios de perto. Nunca deixei de denunciar qualquer arbitrariedade ou ilegalidade cometida por policiais.

Todo jornalista tem, em sua alma, um pouco dessa loucura. A gente acha que nunca vai morrer com uma bala perdida, que nunca vai ser sequestrado e morto por traficantes, que nunca vai ser executado por policiais inescrupulosos.

Devo confessar que, dessa vez, até fiquei com medo, sim. Talvez não por mim, mas por minha família. Tenho um filho de 3 anos de idade. Não queria arriscar a segurança da minha família em troca de uma coisa tão banal quanto uma boa reportagem.

Aqueles policiais já demonstraram não ter limites ao adulterar o laudo de uma perícia médico-legal. Eles também mostraram ser perigosos quando assassinaram uma criança de 12 anos. Sim, àquela altura para mim restavam poucas dúvidas: eles provavelmente eram os assassinos.

O que eles seriam capazes de fazer comigo e com minha família caso eu publicasse a verdade sobre o crime deles?

Valia a pena colocar a vida do meu filho em risco? Apenas para ter um breve momento de glória perante meus colegas de profissão, receber um tapinha do meu chefe nas costas e alimentar meu ego jornalístico insaciável?

Não, ergueu-se uma inesperada voz dentro de mim. *Você deve tirar essa história a limpo para remover esses monstros das ruas e evitar que o filho de outra pessoa ou seu próprio filho se torne, eventualmente, vítima de um crime como esse no futuro.*

Aquela voz tinha razão. Era provavelmente a voz do meu ego jornalístico, mas ela tinha razão. Eu era louco o suficiente e queria continuar investigando aquela história.

"Agradeço a sua preocupação, sargento Zero, mas vou aceitar sua ajuda."

Fiquei olhando a minha própria mensagem por alguns minutos. Muitas vezes recebia mensagens de leitores dizendo ter denúncias muito importantes que, em geral, não passavam de boatos ou informações genéricas e inconsistentes.

Pensei por algum tempo e achei que talvez valesse a pena investir naquela história. Pelo menos tentar descobrir quem era o sargento Zero. Aquilo não custava nada.

Se ele fosse mesmo um ex-integrante do Bope, talvez pudesse me ajudar a elucidar aquela história. Enfim, continuaria tentando contato com o legista Roberval. Sargento Zero seria apenas mais outro fio daquela meada.

Talvez ele pudesse me explicar a adulteração do laudo cadavérico e tivesse informações sobre o que aconteceu naquela noite no Caju. Mesmo sendo ex-integrante do Bope, ele provavelmente continuava mantendo contato com seus ex-companheiros de farda preta. Afinal, se ele estava me fazendo aquele alerta era porque, em tese, sabia o que acontecia dentro do batalhão. Cliquei em enviar.

Mais uma vez, a resposta do sargento Zero não demorou a chegar. "Vejo que você é louco o suficiente. Que o Senhor esteja com você. Vamos nos encontrar."

Eu ainda não sabia quem ele era e ponderava que era arriscado encontrá-lo. E se os policiais do Bope realmente soubessem que eu estava investigando o crime deles e planejavam me atrair para uma emboscada? O sargento poderia ser a isca para que eles me pegassem.

Mandei uma nova mensagem pedindo seu número de telefone, para que a gente conversasse.

Ele respondeu que preferia não informar o seu número e que era melhor marcar um encontro. Queria manter o anonimato, por enquanto, e precisava primeiro me encontrar face a face, para saber se poderia confiar em mim.

Ele sugeriu que marcássemos em um local público, porque me sentiria mais à vontade e quis saber se poderíamos nos encontrar logo no início da manhã daquele dia.

"Sim. Podemos nos ver logo mais. Que tal na Praça XV, no centro da cidade? Às oito horas está bom para você?"

Sargento Zero respondeu:

"Combinado. Vou estar de camisa de botão branca, bermuda florida e chapéu."

Achei que ele pareceria um turista gringo, mas entendi que essa era a forma de meu interlocutor ser facilmente identificado no meio das pessoas. A Praça XV fica muito movimentada no início da manhã, cheia de moradores de Niterói, cidade separada do Rio de Janeiro pela Baía de Guanabara, que chegam cedo para trabalhar na capital.

Tinha boas expectativas em relação ao encontro daquele dia com o sargento Zero. Meu faro jornalístico me dizia que minha fonte era realmente um ex-integrante da tropa de elite. E, se ele era um caveira, teria informações sobre os bastidores do batalhão.

***

Como estava acordado desde as quatro da manhã, saí mais cedo de casa e cheguei ao local do encontro quinze minutos antes do combinado, justamente quando uma barca atracava no píer da estação. A praça logo se encheu com centenas de passageiros apressados.

Andando no sentido contrário ao fluxo de pessoas, quase trombei com duas jovens apressadas.

– Olha por onde anda, seu idiota! – gritou uma delas para mim.

Retribuí com um gesto obsceno e continuei tentando remar contra a maré. Por fim, consegui chegar até um banco, onde me sentei. Esperava que o sargento não demorasse muito a chegar.

Estava nervoso e mal conseguia controlar minha ansiedade. Estava acostumado a encontrar com meus contatos e a fazer entrevistas, mas não conseguia parar de pensar nos e-mails que troquei com o sargento Zero. Ainda não tinha parado para pensar no que ele queria dizer com "eles não são o que você pensa" ou com "você está mexendo com coisas que escapam à nossa compreensão".

Estivera mais preocupado em descobrir quem era o tal sargento e não tinha pensado muito nas palavras do meu interlocutor. No trajeto da minha casa até a Praça XV, no entanto, tinha começado a refletir sobre aquelas mensagens estranhas.

E, é claro, continuava querendo descobrir a verdade sobre meu contato. Seria o sargento Zero realmente um ex-integrante do Bope? Estaria falando a verdade sobre poder me ajudar?

Já eram oito e vinte quando avistei aquela figura que parecia um turista estrangeiro com chapéu-panamá, óculos escuros, camisa branca e bermuda florida. Nas mãos, apenas uma pasta de plástico azul.

Ele vinha devagar, olhando para os lados, como se temesse que, a qualquer momento, alguém o abordasse. Levantei-me e andei na direção daquele homem. O sargento era corpulento e se apressou em esticar a mão para me cumprimentar.

– Prazer, sou Ivo.

– Prazer, sou Jair – disse o homem, complementando em seguida: – O sargento Zero do e-mail. Desculpa a demora.

Ele, pelo menos no jeito, parecia ser policial.

– Sem problema. Por um momento achei que você não viria.

– Eu cheguei mais cedo, mas dei uma volta pra me certificar de que não havia ninguém conhecido por perto.

Achei aquilo engraçado. Mesmo que houvesse alguém conhecido, provavelmente não seria capaz de reconhecer o homem debaixo de todo aquele disfarce ridículo. Mas resolvi guardar minha opinião para mim mesmo.

Caminhamos pela Praça XV em direção à rua Primeiro de Março.

– Que bom que você veio – disse Jair.

– Não pude evitar – respondi. – Como você sabe, passei os últimos dias investigando a morte do menino. E você também deve saber que há indícios de que a criança foi assassinada por policiais do Bope.

– Você está no caminho certo. Foi por isso que entrei em contato com você. A criança foi mesmo morta por policiais do Bope. E posso apostar tudo o que tenho que o menino foi executado a sangue-frio por eles.

– Como você ficou sabendo que eu estava investigando o caso?

Jair sentiu-se um pouco incomodado com a pergunta, como se tivesse sido descoberto espionando a privacidade de alguém.

– Por que eles sabem que você está investigando.

– Eles?

– Eles, meus antigos companheiros do Bope. Não só os que mataram a criança, mas o batalhão inteiro. E antes que você me pergunte como eles sabem da sua investigação, já te digo que eles têm olhos em vários lugares. Inclusive no IML...

Ficamos em silêncio. Eu não sabia o que dizer depois de ouvir aquilo. Senti-me como num filme de espionagem. Depois de um tempo caminhando, entramos em um pequeno café na rua Primeiro de Março. Uma garçonete de meia-idade nos ofereceu o cardápio e eu pedi dois cafés.

– Por que você acha que a criança foi executada? – enfim perguntei.

– Essa não foi a primeira nem será a última criança executada por esses caras.

– Eu sei que o Bope não costuma ter piedade com crianças-soldado, que são ousadas o suficiente para atirar em policiais. E sei que erros são comuns em operações da polícia. Isso não é novidade – eu disse. – Mas a história contada pela mãe da criança é estranha. Eu nunca vi nenhum caso como esse. Segundo ela, o menino realmente foi assassinado a sangue-frio. Os policiais entraram na casa, deram um tiro na cabeça dele e depois descartaram o corpo num valão. Também é estranho você afirmar que poderia apostar que ele foi executado a sangue-frio...

Os cafés chegaram e Jair enxugou a testa.

– Eu sei disso porque, como te falei antes, essa não é a primeira criança executada pelo Bope nem será a última. E não estou falando de matar crianças-soldado envolvidas com o tráfico nem de erros operacionais da polícia. Não estou falando de balas perdidas. Estou falando da execução de crianças inocentes a sangue-frio. De crianças inocentes. Algumas com 2 ou 3 anos de idade, portanto jovens demais para serem soldados do tráfico ou até para serem confundidas com soldados.

Senti meu estômago embrulhar.

– Não estou entendendo.

– É por isso que estou aqui. Quero te contar o que está acontecendo dentro do Bope. Quero te contar o que esses monstros estão fazendo, para que você entenda por que crianças têm sido mortas nas favelas pelas mãos desses caras.

Eu sabia que algumas crianças tinham sido mortas em operações do Bope nos últimos meses, mas, em nenhum dos casos, a imprensa noticiou que houvesse suspeitas de execução.

– Eu cubro assuntos relacionados à polícia há tempo o bastante para saber que os policiais fazem muita merda, que executam pessoas em vez de levá-las à justiça e que atiram a esmo dentro das favelas sem se preocupar com a vida dos moradores. Sei que fazem muitas coisas fora da lei. Mas acreditar que policiais propositalmente tirem a vida de crianças inocentes é algo um pouco inverossímil.

Jair chamou a garçonete novamente.

– Eles não são mais policiais. Eles se transformaram em monstros.

– Sim, policiais às vezes podem agir como monstros. Já presenciei isso em várias ocasiões.

– Eu te garanto que você nunca imaginou nada tão monstruoso quanto o que meus ex-companheiros estão fazendo. Quando eles estão em uma operação policial, não agem mais como seres humanos. Agem como monstros, monstros de verdade.

A garçonete chegou à nossa mesa e o sargento pediu um pão na chapa com ovo.

— Vai comer alguma coisa, Ivo?

— Traz um pão na chapa com queijo minas pra mim, por favor.

A mulher anotou os pedidos e saiu de perto.

— Você se lembra do que escrevi no e-mail? Que eles não são quem você pensa? E que há coisas que escapam à nossa compreensão?

Fiz que sim com a minha cabeça.

— Matar crianças a sangue-frio é algo que escapa mesmo à nossa compreensão, Jair. Por que eles fariam isso?

— Escuta, Ivo. A história que eu vou te contar será difícil de acreditar. Mas gostaria que você me deixasse terminar tudo o que tenho para falar antes de tirar suas conclusões. E também que tivesse paciência para ouvir tudo, desde o começo.

— Ok. Ainda tenho algumas horas antes de entrar no jornal. Não vejo por que não.

— Sou policial militar há mais de 25 anos. Há quinze entrei no Bope.

Jair abriu sua pasta e mostrou sua identidade de policial militar e documentos que mostravam sua incorporação ao Bope e sua dispensa do batalhão três meses atrás.

— Aí estão os documentos para comprovar quem sou. Você pode fotografá-los se quiser guardar como prova.

Analisei tudo com interesse. Os documentos aparentemente eram autênticos. Tudo indicava que ele era quem dizia ser.

De qualquer forma, mesmo que ele fosse um farsante, eu escutaria sua história. Não me custaria nada. Eu jamais publicaria qualquer coisa sem provas. Esperava que o sargento Jair me desse alguma informação que fosse útil para a reportagem ou, pelo menos, que me apontasse um caminho a seguir.

Eu tinha muitas fontes na Polícia Civil e algumas na Polícia Militar. Mas, surpreendentemente, não tinha fontes no Bope. Já entrevistara o comandante e o subcomandante antes. Conhecia superficialmente alguns oficiais e praças, isto é, os soldados, cabos e sargentos, mas não tinha ninguém com quem pudesse contar para conseguir informações quentes.

Era curioso nunca ter buscado uma aproximação com o Bope durante meus anos como repórter. Nunca pensara nisso. Só atentei para esse fato depois de ter recebido o e-mail do sargento Jair. Entendi que ele poderia ser um elo com aquela tropa, mesmo que fosse um ex-integrante do batalhão.

Se ele fosse apenas um impostor ou alguém do Bope tentando me desviar da verdade, eu tinha experiência o suficiente para descobrir. Se o caso fosse esse, eu descartaria as informações que ele me deu e esqueceria que tivemos aquele encontro.

Liguei meu gravador. Achei que ele pediria que eu desligasse o equipamento, mas ele não fez nenhuma oposição que eu gravasse nossa conversa. Com a xícara de café na mão, Jair começou a contar sua história.

CAPÍTULO 7

OS SEGREDOS DO BOPE

Voltei para casa com a cabeça cheia. Não conseguia acreditar no que o sargento Jair tinha me contado nas mais de quatro horas em que ficamos conversando naquele café. Minha mulher já estava em casa com o meu filho. Entrei no quarto do Artur. Ele brincava com pequenos policiais de brinquedo e correu até mim, gritando "papai". Abracei-o com toda força e não queria soltá-lo. Lágrimas escorreram de meus olhos enquanto segurava o moleque.

Fátima entrou no quarto e perguntou por que eu chorava. Tentei desconversar. Não queria revelar o motivo das minhas lágrimas. Não queria que ela também perdesse a crença na humanidade.

Não tinha qualquer prova sobre a veracidade da história que Jair me contara. Meu faro jornalístico me dizia para acreditar em cada palavra e isso bastava. De qualquer forma, o relato do ex-policial do Bope era tão dramático que, mesmo se tudo fosse uma grande mentira, não conseguiria esquecer aquelas palavras tão cedo.

Dei um beijo na cabeça do meu filho para só então largá-lo. Ele voltou para seus policiais de brinquedo. Na sua inocência infantil, ainda considerava aqueles bonecos super-heróis, benfeitores que defendiam a sociedade dos bandidos. Um dia ele descobriria, por si só, que tudo não passava de uma fantasia pueril.

Eu já descobrira isso há muito tempo. Já vira muitas atrocidades cometidas por essas pessoas que deveriam garantir a segurança e a vida de todas as pessoas.

Sentei-me com Fátima à mesa e almoçamos em silêncio. Não queria conversar sobre o meu dia. Não queria acabar sendo levado a contar para a minha esposa o que eu ouvira da boca do ex-policial do Bope.

Não queria fazê-la vomitar seu almoço ou perder seu apetite pelas próximas semanas com as histórias que ouvi. Fantasiosas ou não, eram piores do que qualquer reportagem que já havia escrito sobre o lado podre da polícia. Eram piores do que qualquer filme de terror.

Terminei de almoçar, beijei minha mulher e também a abracei com força. Podia ouvir meu filho brincando dentro do quarto, imitando o som de tiros. Seus policiais provavelmente estavam atirando contra bandidos que ameaçavam a sociedade. Com certeza não estavam assassinando crianças inocentes em uma favela qualquer do Rio de Janeiro. Na inocência do meu filho, policiais não matavam crianças como ele.

Senti que mais lágrimas insistiam em brotar dos meus olhos. Antes que Fátima pudesse perceber de novo a minha angústia, recolhi nossos pratos, coloquei-os sobre a pia e me tranquei no quarto que usávamos como biblioteca e escritório.

Conectei meu gravador no computador e comecei a descarregar o áudio da entrevista com o sargento Jair. Ouviria novamente todo o seu relato e tentaria transcrever aquilo. Isto é, se aguentasse ouvir toda aquela gravação até o fim.

O pesado arquivo de áudio foi, enfim, descarregado e comecei a ouvir novamente a história contada pelo sargento.

Jair havia pedido transferência do Bope três meses antes. Foi uma decisão difícil para ele, porque sempre sonhara em entrar naquela unidade de elite da Polícia Militar, desde antes de ingressar na PM. E ele realmente acreditava que o batalhão era um grupo exemplar dentro do mar de corrupção que é a polícia brasileira.

Antes de se desiludir com o Bope, Jair acreditava estar trabalhando com homens honrados, com heróis de farda.

Sua visão idealizada sobre o Bope havia começado a mudar algum tempo depois que um novo comandante assumiu a tropa: o coronel Cesário, que, no momento em que escrevo, ainda é o comandante do batalhão.

Até descobrir os segredos que o coronel escondia, Jair considerava Cesário um guerreiro nato, que servira como oficial do Bope por mais de vinte anos.

Todos os integrantes da tropa tinham um respeito imenso por Cesário e seguiam cegamente suas ordens desde que ele era apenas um oficial subalterno. Ele planejava bem suas ações, sabia liderar como poucos e era destemido. Era sempre o primeiro a entrar e o último a sair das favelas durante as operações policiais. Raramente alguém se feria em uma ação comandada por ele.

Cesário não gostava de "prender bandidos para que a Justiça soltasse depois", contou Jair. Ele queria resolver o problema da criminalidade do Rio de Janeiro através do extermínio dos bandidos.

Ele se gabava de nunca deixar nenhum de seus homens para trás e de garantir a segurança de toda a tropa durante as trocas de tiros nas favelas. Ele também se orgulhava de eliminar seus oponentes.

E, durante os vários anos em que serviram juntos antes de Cesário se tornar comandante, Jair sempre concordou com a política linha-dura do oficial. Havia alguns erros, Jair reconhecia, como quando alguém cruzava a linha de tiro na hora errada. Mas, na maioria das vezes, os mortos eram vagabundos que mereciam conhecer o capeta.

E mesmo depois que Cesário virou comandante, Jair continuou a respeitar seu superior. Pelo menos até que o sargento descobriu os segredos do coronel.

Depois de várias semanas sob comando de Cesário, o sargento não era mais capaz de dizer se os caveiras estavam fazendo algo certo ou errado.

Jair contou que Cesário ficou afastado do Bope por cerca de um ano antes de se tornar comandante. Ele era tenente-coronel e subcomandante da unidade quando pediu licença da polícia.

O afastamento, relatou Jair, ocorreu logo depois de uma tragédia que marcou profundamente a vida e a carreira de Cesário. O então subcomandante acompanhava, pessoalmente, uma operação policial no Morro do Dendê, como sempre costumava fazer. Em determinado momento, ele e três de seus companheiros ficaram encurralados em um beco. Vinham tiros de várias direções e eles não tinham como se abrigar corretamente.

Dois caveiras morreram no próprio beco. Cesário e o outro policial se feriram gravemente. Eles só não perderam suas vidas porque, minutos depois, um helicóptero da PM, que havia sido chamado para resgatá-los, conseguiu afugentar os bandidos que os atacavam.

Cesário ficou internado por três meses antes de receber alta. O outro policial que estava hospitalizado morrera duas semanas antes. O coronel ficou desolado com as três mortes ocorridas sob seu comando direto. Quando saiu do hospital, pediu licença do batalhão e da polícia.

O pedido de licença de Cesário não havia vazado para a imprensa. Ninguém, além dos integrantes do batalhão e de algumas pessoas no quartel-general da PM, sabia de seu esgotamento psicológico. O cargo de subcomandante é quase invisível. As saídas de subcomandantes de seus postos normalmente não geram notícias na imprensa.

Depois de ficar afastado por quase um ano, voltou à ativa e foi promovido a coronel. Ficou algumas semanas em um cargo burocrático dentro do quartel-general da PM e, então, como se nada tivesse acontecido, retornou ao batalhão, dessa vez como comandante.

Demorou algum tempo para que o sargento e alguns de seus companheiros percebessem que o coronel estava envenenando as mentes e as almas dos caveiras.

No início, Jair não percebeu os males que Cesário estava trazendo para dentro do batalhão. Reparou apenas, como todos seus companheiros, que o comandante estava obcecado com a ideia de que policiais não podiam morrer em serviço. Em toda conversa que tinha com qualquer subordinado, ele repetia o mantra de que o Bope fora concebido para matar e não para morrer. E dizia que pretendia transformar seus homens em máquinas de guerra 100% eficientes. No início isso nem chegou a incomodar o sargento, porque ele acreditava que a experiência traumática no Dendê tinha forjado essa nova obsessão no coronel.

A primeira pista de que havia algo errado com Cesário surgiu uma semana depois de o coronel assumir o comando, quando o Bope se preparava para fazer sua primeira operação policial de maior envergadura.

Uma hora antes da ação na favela de Vila Kennedy, na Zona Oeste da cidade, Cesário convocou todos os oficiais e reuniu-se com eles no saguão principal do batalhão. Excluídos da reunião, os praças ficaram aguardando no pátio ou já dentro dos Caveirões, os carros blindados.

Quando a reunião acabou, os oficiais saíram do saguão. Jair e seus colegas repararam que seus superiores estavam pintados com marcas vermelhas no rosto. Inicialmente, todos que não participaram daquela reunião de oficiais acharam que se tratava de tinta vermelha. Mas tinha a tonalidade de sangue. E, no final, todos concordaram que era sangue. Eu acreditava que Jair não tinha como se enganar sobre aquilo. Com quinze anos de Bope, ele era perito em sangue.

Os oficiais tinham uma listra de sangue pintada embaixo de cada olho. Parecia que tinham passado o líquido vermelho no rosto com os dedos. O tenente Carlson, que comandava o pelotão de Jair, passou por sua tropa e entrou direto no Caveirão, sem dizer nada.

O sargento Antônio, o mais antigo do grupo, perguntou para o tenente por que ele tinha se sujado de sangue daquela forma.

O tenente Carlson não respondeu à pergunta. Ele parecia puto, mas não disse uma só palavra sobre aquilo, segundo Jair. Apenas ordenou que seus subordinados se concentrassem em sua missão.

Foi o que Jair e seus companheiros fizeram. Os 11 homens que estavam dentro do Caveirão ficaram calados durante todo o trajeto até a favela. Estavam intrigados, mas mantiveram-se em silêncio. O Bope é a tropa mais disciplinada da Polícia Militar fluminense e, provavelmente, do país. Quando um oficial dá uma missão ou uma ordem, os subordinados não questionam, apenas a executam.

O pessoal do grupamento achou muito esquisito, mas talvez Carlson e os outros oficiais tivessem se sujado de sangue como um gesto simbólico. Talvez fosse uma forma de marcar o retorno de Cesário ao batalhão. Aquela era a primeira grande operação do coronel depois que ele perdeu seus homens no Dendê, cerca de um ano antes. Era possível que aquilo fosse algo proposto pelo comandante para incutir na cabeça de seus subordinados um espírito guerreiro. Como se isso fosse necessário no Bope.

Naquele dia, a missão na favela correu como o esperado. Não era nada complicado. Os policiais prenderam dois homens e mataram um suspeito. Entre os 80 homens do Bope que participaram da missão, ninguém ficou ferido.

O sangue no rosto dos oficiais foi o assunto dos dias seguintes no batalhão. Todos comentaram sobre como aquilo era estranho. Durante toda a existência do batalhão, mesmo os mais veteranos nunca tinham visto algo semelhante antes de uma operação policial. Às vezes eles se pintavam com tinta preta, para se camuflarem na escuridão da favela ou da mata. Mas sangue era uma novidade.

Boatos começaram a se espalhar entre os praças. Um cabo contou que aquilo era um ritual para garantir o sucesso da operação. Pelo menos era o que ele tinha ouvido alguém dizer.

Um sargento confirmou que era um ritual e disse que eles tinham matado galinhas e passado o sangue do animal no rosto. Mas ninguém tinha provas de nada. Era só um disse me disse.

Na época, Jair achava que era possível ser mesmo um ritual. Algumas unidades militares têm seus rituais, apesar de ele nunca ter visto nada tão bizarro quanto um policial fardado ir para uma operação policial com sangue no rosto.

Parei de ouvir a gravação por um momento e fechei meu laptop. Não queria que meu filho, por acaso, clicasse no arquivo e ouvisse aquele depoimento. Levantei-me e fui brincar um pouco com o moleque.

Para o meu alívio, constatei que Artur já tinha mudado a brincadeira. Os bonecos policiais estavam encostados e ele brincava agora com seus dinossauros.

Só passou a brincar com outro tipo de monstro, pensei. Sentei-me junto a ele e, quase ao mesmo tempo, Artur me ameaçou com um tiranossauro e seu rugido. Peguei o primeiro dinossauro que estava à vista, acho que era um triceratope, e ataquei seu tiranossauro. Ficamos ali durante algum tempo batendo um réptil contra o outro, simulando uma briga jurássica.

Aproveitei que meu filho se distraiu um pouco e tratei de recolher seus policiais de brinquedo. Coloquei-os dentro de uma lata e guardei-a em cima do armário. Não queria que ele brincasse com aqueles bonecos novamente.

Fátima começou a aprontar o Artur para a academia. Disse que não iria me juntar a eles daquela vez. Tinha que resolver uma coisa antes de ir para o jornal.

Liguei mais uma vez para o celular do Roberval. A ligação não foi completada. Caiu na caixa postal do legista. *Onde esse cara se meteu?*

Artur passou correndo por mim, vestindo apenas sua sunga. Fátima apareceu, segurando o pequeno quimono de judô e correndo atrás do moleque. Ele tinha aulas de judô e natação duas vezes por semana.

E, toda vez que íamos para a academia, Artur nos dava uma canseira. Não queria parar de brincar para colocar a roupa.

Ajudei minha mulher a colocar o quimono branco no nosso filho. Depois de me despedir deles na porta do apartamento, resolvi ligar para o delegado de Homicídios. Eu já o conhecia, mas não tínhamos muita intimidade.

Elias era um dos delegados da nova geração. Tinha entrado há menos de dez anos na Polícia Civil e gostava de aparecer em reportagens, principalmente se fosse numa emissora de televisão.

Ele parecia ter pressa em desligar quando atendeu, então não perdi muito tempo nos cumprimentos. Falei que o assunto era o caso do menino morto numa favela do Caju. Ele disse não saber do que eu estava falando e acreditei. Ele não estava associando o nome do bairro onde ocorreu o assassinato ao crime em si. Afinal, era apenas uma ocorrência entre as dezenas de casos que estavam sendo investigados naquele momento pela delegacia, para a qual a imprensa não deu qualquer importância.

Disse o nome da vítima e contei que a mãe tinha acusado policiais do Bope de executarem o menino. Finalmente, Elias respondeu que se lembrava do ocorrido, mas afirmou que não tinha nada novo a relatar. Pediu-me para ligar mais tarde, porque estava prestes a ouvir o depoimento da testemunha de outro caso. Ele procuraria o registro de ocorrência e qualquer peça disponível do inquérito para que pudesse me passar as informações.

Desliguei e, cansado por ter acordado tão cedo, decidi tirar um cochilo até chegar a hora de ir para o trabalho.

Acordei duas horas depois, quase na hora de ir para o jornal. Liguei para Elias, que confirmou que não havia nada de novo e que estava aguardando a chegada dos laudos das perícias. Pensei se deveria contar que o laudo cadavérico tinha sido adulterado e decidi que não deveria fazer aquilo naquele momento.

Em vez daquela revelação, perguntei se ele não intimaria os policiais para depor. O delegado disse que não havia nenhuma prova que apontasse para eles até aquele momento, por isso aguardaria o resultado das perícias.

– Há o depoimento da mãe do menino...

– Sim. Mas, no depoimento dela, não há qualquer indicação sobre a identidade dos supostos assassinos, por isso não intimei nenhum suspeito.

Elias deu uma pausa e depois prosseguiu:

– Falei informalmente com o comando do Bope no dia em que o caso chegou pra gente. O comandante negou veementemente qualquer envolvimento de seus homens com a morte do menino ou de qualquer criança.

Mentiroso, pensei.

– Quando a testemunha não consegue identificar os culpados e a própria Polícia Militar não entrega seus homens, fica difícil prosseguir com uma investigação – disse Elias.

O delegado podia até ter razão em seus argumentos, mas eu continuava percebendo uma falta de vontade dele em investigar.

– A operação envolveu mais de 50 policiais. Sem saber que policial é acusado, é um pouco impraticável ouvir os 50 potenciais envolvidos na ação – continuou.

Se a morte tivesse ocorrido em um condomínio de luxo da Barra da Tijuca, vocês chamariam 100 policiais para depor se isso fosse necessário, quase gritei para o delegado.

– A mãe me contou que testemunhas viram os policiais arrastando o menino até o valão – eu finalmente disse.

– De fato, Ivo. Mas o que está escrito aqui no inquérito é que os investigadores não conseguiram localizar nenhuma testemunha. Pelo menos nenhuma testemunha que aceitasse falar com a gente. A investigação está meio num beco sem saída. Talvez os relatórios das perícias joguem alguma luz sobre o caso.

– E as armas dos policiais? Vocês pediram para recolhê-las?

Elias soltou uma grande risada.

– Você queria que eu recolhesse as armas de 50 policiais do Batalhão de Operações Especiais?

Ele tinha razão. Era meio impraticável recolher todo aquele armamento, sem qualquer indício mais concreto.

O delegado também estava certo ao dizer que a investigação estava num beco sem saída. Sem as armas dos policiais, sem a identificação dos perpetradores do homicídio e sem o testemunho de outras pessoas, a investigação ficaria inviabilizada, mesmo que as perícias fossem entregues à DH.

Pensei mais uma vez em falar sobre a adulteração do laudo do IML, mas desisti. Não me envolveria naquela polêmica até que descobrisse a verdade sobre a falsificação do documento.

– Você, pelo menos, requisitou a perícia na casa do menino? A mãe disse que ele foi assassinado dentro de casa.

Elias ficou em silêncio por um tempo. Ele não tinha determinado a perícia na casa e, no fundo, sabia que esse tinha sido um erro grosseiro. Não havia sido um simples encontro de cadáver. Havia uma testemunha, a mãe da vítima, que disse ter presenciado o homicídio e que informou o local do crime.

– Nós fizemos a perícia no local onde o cadáver foi encontrado. Tenho um caso que está tomando muito do meu tempo nesse momento.

Sim, eu sabia que caso era aquele: o assassinato de um turista australiano dentro de um albergue em Ipanema. A matéria não tinha ficado comigo. Outro repórter tinha sido designado para a cobertura. Aquele caso, que ocorrera um dia antes da morte de Serginho, estava atraindo toda a atenção de jornais, rádios e emissoras de TV, porque envolvia um estrangeiro em um albergue da zona sul da cidade.

O crime no albergue, sim, "merecia" a atenção do Elias e de toda sua mirrada equipe de investigadores de homicídios. *A morte de um menino na favela?! Era apenas uma criança pobre, provavelmente envolvida com o tráfico e morta pelos próprios bandidos.*

Mas Elias também sabia que a morte desse menino pobre poderia se tornar importante caso *O Carioca*, o principal jornal da cidade, resolvesse investir naquela história.

Agora que havia um repórter fazendo perguntas sobre o trabalho da DH acerca daquele caso, não havia mais como jogar a morte de Serginho para baixo do tapete. Ficaria feio para Elias se sua incompetência e falta de vontade para investigar aquilo fossem destacados num jornal de grande circulação.

– Eu vou pedir para uma equipe do Instituto de Criminalística dar uma olhada na casa do menino – disse, por fim, Elias.

Agradeci ao delegado e desliguei o telefone.

Saber que a Delegacia de Homicídios daria um pouco mais de atenção ao caso já era um alento. Mas provavelmente os peritos não encontrariam nada, porque, segundo o depoimento da mãe, os assassinos tinham disparado apenas um tiro. E o projétil, conforme me relatou Roberval, ficou alojado na cabeça do menino. Logo, não haveria buracos de bala na parede ou balas para serem recolhidas.

Eu considerava mais importante recolher o armamento dos caveiras que se envolveram na operação policial, mesmo que isso resultasse na apreensão de mais de 50 armas.

Pelo menos Sônia poderia aproveitar a perícia para mostrar aos investigadores a dinâmica do crime, contar como os assassinos entraram na casa, como seguraram seu filho e deram um tiro na cabeça dele.

De repente, uma ideia me ocorreu: se os PMs foram descuidados e Sônia, minimamente cautelosa, os peritos poderiam até encontrar o estojo da munição que matou a criança. Isso não era impossível.

Liguei para a mãe do Serginho. Contei a ela que o delegado faria uma perícia em sua casa e perguntei se, por acaso, ela teria encontrado alguma cápsula de projétil em sua casa, depois que os policiais foram embora. Ela disse que não.

Puta merda! Não estou com sorte nessa apuração! Quase gritei ao telefone.

Perguntei se poderia ir até sua casa e Sônia disse que não haveria problema. Ela tinha terminado de trabalhar na casa onde fazia faxina e estava voltando para casa.

Estava quase na hora de entrar no jornal. Liguei para o meu chefe e disse que continuaria com a apuração da morte no Caju.

– Conseguiu avançar em alguma coisa? – ouvi Geraldo perguntar, do outro lado da linha.

– Nada de concreto, mas eu tenho algumas pistas. Conversei com uma fonte minha. Acho que temos uma puta história, Geraldo.

O editor parecia mais cético do que eu e apenas resmungou. Ele não gostava de ficar perdendo repórteres para pautas especiais. Ainda mais pautas como aquela, que não tinham nada de concreto para sustentá-las. Quando me envolvia nessas histórias, desfalcava a pequena equipe de jornalistas policiais do Carioca.

Se o repórter tinha que se envolver em uma pauta especial, Geraldo esperava que, pelo menos, a apuração fosse concluída logo.

Ignorei o mau humor do meu chefe e parti para a comunidade do Parque Boa Esperança. Verifiquei que a chave do carro estava na cozinha. A Fátima não tinha usado o carro para levar Artur para a academia. Mandei uma mensagem para ela, dizendo que faria uma entrevista no Caju e, se tudo desse certo, voltaria mais cedo para casa, já que não pretendia passar na redação naquele dia.

O trânsito estava infernal e demorei mais de uma hora para fazer o trajeto do Méier até o Caju, uma viagem de apenas cerca de 15 quilômetros.

Era fácil chegar ao Parque Boa Esperança porque era a primeira comunidade do conjunto de favelas do Caju, ao lado da Avenida Brasil. Antes de chegar, liguei para Sônia e pedi para que ela me encontrasse próximo a um complexo esportivo na entrada da favela.

Não era seguro para um jornalista, como eu, entrar sozinho em uma favela dominada pelo tráfico, apesar de eu já ter feito isso algumas vezes. O principal motivo pelo qual eu decidi me encontrar com ela fora da favela, entretanto, era que eu demoraria muito para encontrar sua casa se decidisse fazer isso por conta própria.

Quem já entrou numa favela carioca sabe que elas são verdadeiros labirintos onde endereços fazem pouco sentido. Já era quase noite e eu certamente estaria perdido antes que percebesse.

Estacionei meu carro numa calçada ao lado do complexo esportivo e Sônia não demorou a chegar.

Quando nos encontramos, nos abraçamos e ela chorou. Sônia disse que não conseguia dormir desde que seu filho morrera. E eu podia ver que, além de suas olheiras, havia uma vermelhidão em seus olhos. Deve ser horrível perder um filho, ainda mais de forma tão violenta como tinha ocorrido com Serginho. E eu não conseguia imaginar como seria testemunhar tal morte.

Sua casa ficava um pouco longe da entrada da favela. Pelo caminho, vi vários bandidos portando pistolas e fuzis. Eram os homens que faziam a segurança das bocas de fumo e dos pontos estratégicos da favela. Alguns me olhavam de forma desconfiada, enquanto outros me ignoravam completamente. Contanto que eu estivesse em companhia daquela moradora que todos conheciam, estaria seguro.

Chegamos à sua casa e pude ver algumas marcas de tiro em sua parede de tijolos aparentes. Eu havia percebido que várias casas mostravam essas cicatrizes. Viver naquela favela e em várias outras do Rio de Janeiro era sobreviver. Sobreviver a uma política selvagem de "segurança" que permitia que criminosos controlassem territórios dentro do estado e que, de vez em quando, enviava seus agentes para prender e matar alguns desses bandidos, colocando em risco a vida da população.

Ninguém parecia se importar com o fato de que, naquelas áreas, viviam milhões de pessoas, muitas delas crianças, como o Serginho. Viver numa favela como aquela era estar sujeito a levar um tiro somente porque você abriu a porta na hora errada.

Entramos na casa humilde e Sônia me ofereceu um café que eu prontamente aceitei enquanto me sentava no sofá. Depois de bebermos nossas xícaras, Sônia me mostrou uma foto de Serginho com dois aninhos. O moleque usava uma camisa com o símbolo do Super-Homem e tinha um sorriso de quem achava que o mundo era uma grande brincadeira.

Lembrei-me do meu filho, que costumava exibir o mesmo sorriso ingênuo, e senti uma dor enorme no coração. Agora Serginho não podia mais sorrir. Como a sociedade podia ser tão cruel e não se incomodar com as rotineiras mortes de crianças nas favelas do Rio de Janeiro, vítimas de uma violência que todos nós ajudamos a fomentar com nossa indiferença?

Ela chorava muito. Inconscientemente, abracei-a, tentando dar algum conforto, que eu sabia ser inútil para uma dor incomensurável.

Esperei que ela secasse as lágrimas e perguntei como tudo tinha acontecido. Queria entender a dinâmica do crime para escrever minha reportagem. Ela apontou para a fechadura original da porta e mostrou que tinha sido quebrada. Os invasores arrombaram-na.

Sônia havia providenciado um novo trinco, mas não tinha retirado a fechadura original, porque daria muito trabalho e ela passara os últimos dias envolvida no processo de liberação do corpo do filho e de seu sepultamento.

Depois ela contou o que os assassinos fizeram e me mostrou onde o filho estava quando recebeu o tiro.

– E onde estava o atirador? – perguntei.

Ela apontou para o outro lado da sala, onde havia a televisão da casa, sobre um pequeno móvel. Perguntei se ela havia limpado a sala em algum momento depois do crime.

Sônia disse que não tinha passado nenhuma vassoura na sala, apenas tinha pedido para uma vizinha limpar, com um pano, os locais onde havia respingado o sangue da criança, porque ela não suportava ver aquelas manchas.

Levantei-me e abri a função "lanterna" do meu celular. Pedi licença à mãe do Serginho e me abaixei para olhar sob o móvel.

Para minha surpresa, algo brilhou no momento em que apontei a luz do celular para a escuridão embaixo da mesa. Eu não conseguia acreditar na minha própria sorte. Era o estojo do projétil. Deixei-o onde estava e pedi permissão para mover o pequeno móvel. Queria analisar a cápsula da bala sem precisar tocar nela.

A mulher consentiu e fiz um pouco de esforço para mover a peça de madeira, que não era muito pesada. Era inacreditável, o estojo tinha rolado ali para baixo e os policiais não tinham se preocupado em recolher o item depois do assassinato. Aquilo só corroborava a versão da mãe de que o filho tinha sido morto dentro de casa.

Aproximei o celular da pequena cápsula de metal e tirei algumas fotos. Era possível ver a identificação do lote, a fábrica e o calibre da bala. O menino provavelmente tinha sido morto com uma pistola .40.

Depois, coloquei o móvel de volta em seu lugar. Disse para Sônia que a polícia a procuraria para fazer uma perícia em sua casa.

– Não diga a ninguém que estive aqui e que encontrei essa cápsula. Quando os peritos perguntarem, diga que você encontrou a cápsula ali embaixo, quando tirou o móvel do lugar para limpar a sala. Fale também que resolveu voltar o móvel para o lugar e deixar a cápsula paradinha ali porque você sabia que a polícia poderia fazer uma perícia na sua casa.

Ela concordou, então me acompanhou até o meu carro na entrada da favela e nos despedimos. Liguei novamente para o delegado de Homicídios. Ele me confirmou que o Instituto de Criminalística iria à casa de Sônia por volta das dez horas da manhã seguinte.

Mandei uma mensagem de texto para o Chicão, meu amigo no Instituto de Criminalística, que me confirmou que havia uma perícia marcada para o local na manhã seguinte.

Torci para que os policiais tivessem sido tão desleixados na escolha da arma e da munição quanto tinham sido com a cena do crime. Se eles tivessem usado uma arma e uma munição do Bope seria fácil ligar os policiais à execução do menino.

Pensei em avisar o meu chefe sobre o encontro da cápsula no local do assassinato do menino, mas achei melhor não falar nada. No dia seguinte, eu tentaria acompanhar o trabalho dos peritos no local e, assim que a prova fosse oficialmente encontrada, avisaria o Geraldo.

Fiz mais uma tentativa malsucedida de falar com o legista Roberval por telefone e segui para minha casa.

CAPÍTULO 8

A PERÍCIA

Depois da visita ao Caju, consegui voltar mais cedo para casa. Ainda não eram nem nove horas da noite. Fátima estava acordada, mas já deitada na nossa cama, ao lado de um apagado Artur. Tínhamos que acabar com aquele costume do menino dormir no nosso quarto.

Abracei-a, dei um beijo na testa do meu filho e fui para o escritório. Descarreguei as fotos da cápsula encontrada na casa de Sônia. Depois disso, passei todos os arquivos da minha apuração, inclusive o áudio da entrevista com o Jair e as cópias digitalizadas dos laudos e do registro de ocorrência, para um *pen drive*.

Fiz um rápido lanche e voltei a ouvir o áudio da entrevista com o ex-sargento do Bope.

Jair contou que depois daquela primeira operação sob o novo comando de Cesário, o batalhão foi convocado para outra missão: uma busca a traficantes em uma comunidade da Baixada Fluminense. Assim como na primeira vez, o comandante reuniu-se no saguão do batalhão apenas com os oficiais que participariam da ação.

Novamente eles saíram com o rosto manchado de sangue. A operação também foi bem-sucedida, pelo menos para os padrões pouco exigentes da Polícia Militar. Ninguém foi preso, mas os policiais mataram três pessoas identificadas como bandidos.

As reuniões de Cesário com os oficiais antes das operações se repetiram por mais três meses. A cada nova operação, o coronel se trancava com eles no saguão e todos saíam sujos de sangue.

Com o tempo, essas reuniões fechadas foram ficando mais demoradas. Às vezes os praças tinham a impressão de que havia restos de sangue saindo da boca dos oficiais.

Eles tinham reparado também que seus superiores saíam dos rituais com um olhar distante e um semblante que parecia constantemente enfurecido. Eles ficavam não só mais destemidos, como também pareciam exalar um ar predatório, assassino.

Àquela altura, a história de que os oficiais estavam fazendo rituais para garantir o sucesso das operações, que havia começado como um boato, já era considerada fato. Mas uma nova teoria começou a circular: os oficiais estavam não apenas passando sangue de animais no rosto, como também o estavam bebendo.

"Beber sangue animal não é nada de mais para a maioria dos policiais das forças especiais", disse Jair. Ele próprio teve que comer carne de boi crua e beber sangue de porco durante o curso de preparação para o Bope. O estranho era que aqueles rituais tinham se tornado parte da rotina do batalhão. E a coisa ainda pioraria.

Depois daqueles três meses, o coronel achou que os rituais não deveriam envolver apenas os oficiais, porque aquela cerimônia estranha não era mais segredo para ninguém dentro do batalhão, naquele tempo. Todo mundo já sabia o que Cesário fazia no saguão com seus oficiais antes de cada operação policial. O comandante decidiu que era hora de envolver todo mundo, inclusive os praças.

Jair contou que os praças compareceram àquele primeiro ritual preparados para tudo, porque, afinal, são cães de guerra.

Cesário reuniu os 100 homens que participariam da operação policial naquele dia.

Todos entraram no saguão, naquela madrugada, e se posicionaram perfilados, olhando para o coronel Cesário, que estava à frente deles, como se fosse fazer uma preleção.

Mas, em vez de falar sobre a operação, o comandante começou a fazer um discurso sobre a morte, sobre "ser caveira". Ser um integrante do Bope era uma tarefa apenas para os mais bravos. Era um estilo de vida para quem não tinha medo de morrer.

Para o coronel, não bastava sorrir diante da morte. Os caveiras também tinham que vencer a morte, ser imbatíveis para conseguir ter êxito na luta contra seus inimigos.

Ali, diante de seus 100 subordinados, Cesário garantiu que mais nenhum policial do Bope perderia sua vida lutando contra o tráfico. Àquela altura, Jair tinha a impressão de que todos os oficiais participavam daquele ritual satisfeitos.

Parei a gravação naquele momento. Decidi que já tinha ouvido o suficiente naquela noite. Meus olhos estavam pesados e não tinha dormido direito na noite anterior. Fechei meu computador e fui dormir.

***

Acordei às oito da manhã com o despertador do meu celular. Queria chegar a tempo de acompanhar a perícia no Caju. Liguei para o meu chefe e disse que pegaria um táxi para acompanhar o trabalho dos peritos. Geraldo concordou e me desejou sorte no trabalho.

O trânsito estava mais tranquilo daquela vez e consegui chegar ao Caju em menos de meia hora.

Quando o táxi parou em frente à entrada da favela, no entanto, me espantei com a movimentação de policiais militares. Homens com fardas pretas estavam por todos os lados. O Bope estava fazendo uma operação no Caju no dia da perícia. Aquilo era inacreditável.

Decidi ligar para o Chicão.

– A DH pediu apoio ao Bope. Peritos não entram sozinhos numa favela como essa, você sabe disso, Ivo – explicou-me meu amigo perito.

– Vocês estão loucos? O Bope está sendo investigado. Por que vocês não pediram apoio para a Core? – A Core é a unidade de elite da Polícia Civil, cuja principal função é justamente garantir que outros policiais façam suas investigações e cumpram mandados de prisão em locais mais perigosos.

– O diretor da Core não gosta do Elias. Eles têm uma questão mal resolvida há algum tempo. Alguma coisa a ver com mulher. Um andou se engraçando com a mulher do outro, não sei bem – respondeu Chicão. – Sempre que tem uma diligência para a Homicídios cumprir, o Elias chama o Bope.

Era o que me faltava. Como podia um delegado colocar problemas pessoais acima de sua obrigação institucional de cumprir um serviço público?

– E vocês já estão aqui no Caju?

– Estamos chegando em alguns minutos. Já estamos na Avenida Brasil.

– Tudo bem. Quero entrar com vocês na favela.

Fiquei olhando os policiais se movimentando para dentro e para fora da comunidade. De vez em quando, via um Caveirão circulando em torno da favela. *Os malditos pediram auxílio para o Bope*. Eu não parava de me surpreender com a falta de inteligência e com a ineficiência da polícia fluminense.

Liguei para o celular da mãe de Serginho. Ela demorou um pouco para atender. Descobri que ela não estava em casa. Como tinha pedido dispensa na casa da patroa por causa da perícia da Polícia Civil, aproveitara a manhã para comprar algumas coisas no supermercado. Mas já estava voltando para esperar os peritos.

Cerca de cinco minutos depois, os peritos chegaram. Eles pararam em frente ao principal acesso à comunidade. Chicão acenou para mim e entrei no carro da polícia. O comboio seguiu pela favela, mas parou algumas ruas antes do destino final.

A casa ficava numa área de vias estreitas onde os carros não conseguiam transitar.

Saltamos do carro e seguimos a pé até a casa de Sônia. No caminho, percebi que alguns policiais do Bope me olhavam de uma forma estranha, diria até ameaçadora. Era provável que eles realmente soubessem que eu estava empenhado em descobrir a história por trás do assassinato de Serginho, como me alertou Jair. Mas poderia ser só impressão minha depois de ouvir o relato do sargento sobre sua antiga tropa.

Como combinado no dia anterior, ela contou aos peritos que tinha encontrado uma cápsula de munição sob o móvel de sua televisão no momento em que limpava a casa.

Enquanto alguns peritos checavam a casa, Chicão abaixou-se e direcionou sua lanterna para baixo do móvel.

– E onde a senhora guardou o estojo da munição?

– Eu não guardei em lugar nenhum, doutor. Eu botei o móvel de volta no lugar e fiz questão de deixar a cápsula aí embaixo pra não atrapalhar o trabalho de vocês – disse a mulher, enquanto me olhava, buscando aprovação.

Sem falar nada, Chicão levantou-se e movimentou o móvel com a ajuda de outro perito. Não havia nada ali embaixo.

Não tinham permitido minha entrada na casa, mas eu acompanhava tudo pelo lado de fora, olhando através da janela. Eu não conseguia acreditar. O estojo da bala havia desaparecido. Não era difícil imaginar quem teria feito aquilo. O Bope soubera da perícia e invadira a casa da mulher enquanto ela estava fora, limpando qualquer vestígio que pudesse ligar seus policiais à morte da criança.

Sônia pediu desculpas pelo sumiço da cápsula. Ela não sabia o que tinha acontecido.

Envergonhada, ela fez o que lhe restava: explicou aos investigadores e peritos tudo o que tinha acontecido na noite do assassinato.

Ela mostrou os lugares onde cada policial militar estava no momento do crime, de acordo com aquilo que ela conseguia se lembrar. Ela também explicou que tinha limpado o sangue do filho do chão da casa. Os peritos tiraram algumas fotos, fizeram algumas medições e foram embora.

Antes que todos entrassem em seus carros e deixassem a favela, puxei Chicão para um canto. Contei-lhe que havia feito uma visita à Sônia no dia anterior e que tinha descoberto o estojo. Então, mostrei-lhe as fotos que havia feito, para provar que estava falando a verdade.

O perito me deu uma bronca e disse que, se eu tivesse mexido em alguma coisa antes da chegada dos peritos, eu estaria encrencado. Eu jurei que só havia mexido no móvel e que, quando saí da casa da mulher na noite anterior, a cápsula ainda estava sob o suporte da televisão.

Chicão ficou puto da vida. E ele tinha razão. Eu deveria ter orientado a dona da casa a comunicar a descoberta do artefato no momento em que ele foi encontrado. Pedi desculpas que pouco adiantaram, mas disse que, pelo menos, eu tinha garantido fotos da cápsula antes de ela desaparecer.

— Essas imagens não valem de nada, Ivo. Você não entende? São apenas fotos de um estojo de munição deflagrado. São fotos que podem ter sido tiradas em qualquer lugar. Você pode tê-las baixado da internet.

— Tá louco, Chicão? Eu fiz essas fotos ontem. E a cápsula estava ali, embaixo da televisão da casa. Por que eu ia mentir pra você? Você é meu amigo e tô tentando descobrir a verdade. Aliás, parece que eu sou o único aqui que está tentando descobrir a verdade sobre o que aconteceu aqui.

— Isso não serve pra merda nenhuma, Ivo. Nunca que isso vai poder ser usado como prova. Não fomos nós que encontramos. Foi você. Isso não pode ser apresentado como prova!

— Se a polícia tivesse feito seu trabalho direito e não demorasse tanto para fazer a perícia, a gente nem estaria tendo essa discussão agora, Chicão. Se vocês tivessem vindo logo depois da morte do menino, certamente teriam encontrado o estojo.

Percebi que Chicão enrubesceu. Ele não soube o que responder, porque tinha consciência de que a Polícia Civil havia sido incompetente naquela investigação.

– De qualquer forma, isso não vem ao caso agora. Temos que trabalhar com o temos em nossas mãos – eu disse.

– Não temos nada. Já disse que isso não pode ser apresentado como prova.

– O sumiço da cápsula mostra que tem alguém tentando ocultar as provas do crime, Chicão!

– Do que você está falando?

– Você se lembra da história do laudo da autópsia? Que o laudo que você me mandou era diferente do que eu tinha visto no dia anterior? O laudo original, que o próprio legista me mostrou, registrava a existência de uma bala dentro da cabeça do Serginho. O laudo que você me enviou depois, assinado pelo mesmo legista, não mencionava qualquer bala.

Um dos peritos, que já estava dentro do carro, gritou para que Chicão fosse logo para a viatura e eles pudessem se mandar dali. Ele acenou para o colega, pedindo um pouco mais de tempo.

– Tem uma coisa estranha nessa história, Chicão. De alguma forma, o laudo cadavérico foi adulterado. O projétil retirado da cabeça do Serginho desapareceu. E, agora, essa cápsula.

Chicão continuou em silêncio.

– E, pelo amor de Deus, Chicão, vocês avisaram o Bope que haveria essa perícia e ainda chamaram os caras para fazer segurança pra vocês. Vocês pediram pra raposa vigiar o galinheiro.

– Tudo bem. Vou tentar partir do pressuposto que você esteja certo e que os caras estejam tentando eliminar as provas do crime. Você conseguiu falar com o legista? Ele te explicou por que ele mudou o teor do laudo?

Olhei para o lado e vi que policiais do Bope começavam a se aglomerar em uma esquina, a uns dez metros de onde eu estava conversando com o Chicão. Eram seis homens e eles estavam olhando diretamente para mim. Comecei a sentir medo.

– Eu não tô conseguindo falar com ele. Há dois dias que eu tento e nada. Seu celular está desligado direto.

– Quem foi o legista que fez a autópsia?

Falei que tinha sido o Roberval. Ele já ouvira o nome antes, mas não o conhecia pessoalmente. Agora já havia nove policiais do Bope reunidos na esquina. Todos ainda me encarando. Senti-me como uma presa encurralada por tigres.

– Chicão, olha atrás de você. Os policiais olhando pra gente.

O perito virou-se, mas não achou nada estranho. Os policiais estavam lá, mas não olhavam para a gente. Estavam conversando entre si.

– Do que você está falando? São só os policiais que vieram fazer a nossa escolta.

– Eles estavam nos olhando.

O perito deu de ombros.

– Eu queria te pedir mais um favor – falei.

Chicão me olhou, desconfiado.

– Na verdade, mais dois favores. Queria que você investigasse a numeração desse projétil. Se eu estiver certo, isso vai nos levar direto para um lote de munição comprado pelo Bope.

– Já disse que isso não vai ser aceito nunca como prova num processo criminal.

– Num processo criminal, talvez não. Mas numa reportagem, isso é mais do que prova.

– Espero que você saiba o que está fazendo, Ivo. Esses caras são perigosos.

Lembrei-me do relato do Jair e disse:

– Acredite em mim. Eu sei disso. E é por isso que vou pedir meu segundo favor. – Quinze policiais do Bope já estavam concentrados na esquina e tinham voltado a me olhar. – Me dá uma carona até o centro da cidade. Preciso sair daqui urgente.

Quando entrei no carro, vi que mais dois policiais chegavam para a pequena conferência de caveiras naquela viela do Caju. Senti um grande alívio por sair dali.

***

Depois de acompanhar a perícia no Caju, resolvi seguir direto para a redação. Queria encontrar meu chefe e contar o que havia acontecido.

Contei-lhe que havia indícios de mais ocultação de provas por parte do Bope e que os policiais estavam obviamente tentando esconder o crime. Depois da má vontade inicial, Geraldo passou a acreditar no potencial da reportagem e me deu mais alguns dias para tentar resolver aquele mistério.

Mesmo assim, naquele dia, pediu minha ajuda para apurar uma ocorrência de assalto em Jacarepaguá, na Zona Oeste da cidade. Um grupo de bandidos armados com fuzis invadiu um condomínio fechado e roubou cinco casas.

Não me incomodei. De qualquer forma, teria que esperar as informações do Chicão e o contato com o Roberval.

Fui primeiro ao condomínio, onde ouvi as vítimas dos assaltantes e os policiais militares que tinham sido chamados para atender a ocorrência. Para a sorte dos policiais e dos próprios moradores, quando a patrulha da PM chegou ao condomínio, o grupo fortemente armado já tinha ido embora com todos os pertences roubados, sem que houvesse tiroteio.

Depois disso, fui até a delegacia local. O delegado acreditava que o grupo era da Cidade de Deus, uma das principais favelas do Rio, que fica também em Jacarepaguá. Sua distrital já tinha registrado outros três roubos semelhantes e estava tentando identificar os responsáveis.

A história era interessante e me esmerei para fazê-la bem. Minha mente, no entanto, estava em outro lugar. Eu não conseguia parar de pensar na morte de Serginho. Quando voltei para a redação do jornal, escrevi a reportagem sobre os roubos. Depois, fui para casa. Artur ficou feliz em me ver de noite em casa, algo raro de acontecer. Fátima também. Depois que colocamos o moleque para dormir, aproveitei para namorar um pouco com a minha mulher.

Antes de dormir, dei uma verificada no celular, que eu havia deixado carregando na cozinha. Havia cinco ligações do Chicão. O telefone estava no modo silencioso, então eu não tinha ouvido as chamadas. Liguei de volta.

Ele não tinha boas notícias para me dar. Roberval, o legista, havia sido encontrado morto no Aterro do Flamengo. Aparentemente ele tinha ido dar uma caminhada naquela área e fora vítima de um latrocínio. A polícia trabalhava com a hipótese de que ele tivesse sido assaltado e que foi morto quando tentou reagir.

Mas eu sabia que aquela versão era balela. Eu tinha uma hipótese melhor sobre o que tinha acontecido: Roberval foi forçado pelos policiais do Bope a modificar o laudo cadavérico do menino Sérgio e, depois, morto por essas mesmas pessoas, como uma queima de arquivo.

Contei minha teoria a Chicão. O perito a achava plausível, porque ele próprio já tinha sido alvo de pressão de colegas em algumas investigações.

Ele me contou que, em geral, a pressão ocorria de forma sutil: vinha do comando da PM ou da chefia da Polícia Civil. Mas, em uma ocasião, dois policiais civis o abordaram quando ele saía do Instituto de Criminalística à noite.

Eles queriam que ele mudasse o resultado de uma perícia que os incriminava e fizeram ameaças veladas à sua vida. Para sua sorte, outro perito que também saía do Instituto naquele momento percebeu algo estranho e se aproximou deles. Aquilo foi o suficiente para os policiais desistirem de fazer qualquer coisa, porque havia uma testemunha.

Se ele tinha sido ameaçado de morte por seus próprios colegas da Polícia Civil, então Chicão não considerava absurda minha teoria sobre a queima do arquivo "Roberval".

– E o estojo de munição? Conseguiu rastreá-lo?

– Ainda não. Pedi ajuda para um colega do setor de balística que é de confiança. Não disse o motivo do meu pedido, mas ele ficou de conferir para mim.

Abri meu celular e vi que o jornal já tinha noticiado a morte do Roberval em seu site. A matéria, assinada pelo meu colega da editoria de polícia Orlando, contava apenas a versão oficial do roubo seguido de morte. Não o culpei. Nós, jornalistas, não temos o costume de questionar as versões da polícia.

Além do mais, não havia motivos para Orlando desconfiar daquela versão. Até aquele momento, apenas os policiais do Bope que mataram o pobre legista sabiam da verdade. Eu apenas desconfiava.

Eu queria muito ter ido investigar a morte de Roberval imediatamente. Mas, naquele momento, o cansaço vencia minhas motivações para aquele tipo de apuração.

CAPÍTULO 9

O RITUAL

Naquele sábado não estava de plantão. E também precisava dar um tempo naquela investigação, que estava consumindo minhas energias e minha sanidade mental.

Então, aproveitei para fazer um programa com a família. Fomos ao parque da Quinta da Boa Vista de manhã e aproveitamos para passear pelo jardim zoológico, que fica dentro dos limites do parque. Nunca tinha levado meu filho ao zoo e achei que aquela seria uma boa oportunidade.

Ele adorou ver os animais frente a frente. Gostou especialmente do tigre e do elefante. Não poderia ser diferente. Esses sempre figuram na lista de animais mais populares entre as crianças pequenas. Em determinado momento, quando viu que a onça-pintada e o leão estavam depressivamente deitados, meu filho me perguntou se os animais não ficavam tristes dentro das jaulas.

Eu não sabia o que responder. Vendo minha dificuldade em explicar, Fátima assumiu seu lado professoral e disse apenas que eles estavam acostumados com aquela situação. Alguns deles tinham até nascido dentro de uma jaula. Então eles não sabiam como era viver em liberdade.

O passeio estava agradável e conseguiu, pelo menos por cerca de uma hora, me distrair.

Mas minha tranquilidade durou pouco. Quando paramos para comprar sorvete, percebi dois homens que nos observavam a certa distância.

Com os sorvetes comprados, começamos a caminhar. Os dois homens estranhos também se moveram, na mesma direção que a gente. Não queria alarmar minha mulher nem assustar o meu filho, mas comecei a ficar preocupado.

Meus batimentos cardíacos se aceleraram e a respiração ficou ofegante. Senti minha pele suando frio. *Controle-se e tire sua família daqui*, pensei.

Aqueles dois homens com pinta de policiais nos seguiram por um bom tempo. Sem falar nada com a minha família, comecei a andar em direção à saída do zoológico, enquanto Fátima e Artur estavam distraídos, tomando o sorvete.

Já próximos da saída, percebi que os dois homens tinham desaparecido. Fiquei um pouco mais tranquilo. Talvez eu estivesse meio paranoico com toda aquela história do Bope. Talvez eu realmente estivesse com muito medo daqueles policiais, que foram capazes de matar uma criança e, ao que tudo indicava, um legista da Polícia Civil.

Olhei para todos os lados e não vi mais os dois estranhos. Finalmente consegui relaxar um pouco. Parei em frente aos banheiros e ficamos um tempo ali: Fátima e Artur envolvidos na tarefa de tomar seus sorvetes e eu dando uma última olhada em volta, para confirmar o desaparecimento dos dois homens.

– Fátima, eu vou dar um pulo no banheiro antes da gente ir embora – disse, depois de algum tempo.

– Mas já? A gente nem viu o zoológico todo.

– Papai, quero o jacaré – pediu Artur, daquela forma que poucos pais são capazes de recusar.

– Filho, o papai está um pouco cansado. Outro dia a gente volta para ver o resto dos bichos, tá bom? – disse, inventando uma desculpa qualquer para ir embora do zoológico.

Dei um beijo na testa dele e fui ao banheiro. Odiei ter sido obrigado a encerrar, tão repentinamente, um agradável passeio em família, mas não queria mais ficar ali. Não quando tinha a impressão de estar sendo seguido por sabe-se lá quem.

Saí do banheiro ainda secando a mão no papel-toalha. Meu coração quase parou de bater, quando olhei para onde tinha deixado minha mulher e meu filho e não os encontrei. Em meu desespero, corri até o banheiro feminino e, se não tivesse esbarrado em uma mulher gorda que saía do banheiro com uma menina, eu teria entrado ali.

– Moço, esse é o banheiro das meninas – disse a criança.

– Desculpa... O que você disse? – perguntei, mesmo tendo entendido o que a criança dissera.

– Ela quis dizer que esse é o banheiro feminino – disse, meio sem graça pela petulância da criança, a mãe da menina.

– Eu tô procurando minha mulher e meu filho – respondi. – Fátima! – gritei da porta, na esperança de ouvir a resposta da minha mulher.

– Não há ninguém aí dentro. Só estávamos eu e minha filha – respondeu a mulher.

Saí correndo como um foguete em direção à saída do zoológico, esquecendo-me de agradecer à mulher do banheiro. Disparei desembestado enquanto pensava nos dois homens que pareciam estar nos seguindo. *Por que fui entrar no banheiro? Que ideia estúpida!*

Antes que colocasse os pés para fora do zoológico, olhei em volta e não consegui ver Fátima ou Artur. O desespero ficou mais forte. *Os malditos sequestraram eles! Em plena luz do dia, os malditos sequestraram eles!*

– Você viu alguma mulher passando com um menininho dessa altura? – perguntei para o vigilante enquanto batia com a mão na altura da minha cintura.

– Saíram algumas mulheres acompanhadas de crianças, sim. A toda hora, tem gente saindo do zoológico. Mas não posso dizer que tenha visto as pessoas que você procura – disse o vigilante.

Sem pensar, corri para fora do zoológico. A Quinta da Boa Vista tem algumas saídas. Sem saber o que fazer, corri para a saída mais próxima. Tomado pela angústia, já imaginava o pior cenário: os dois sendo jogados dentro de um carro e levados para uma área isolada da cidade. Olhei para todos os lados e não consegui ver nada.

Um carro passou buzinando e eu percebi que estava no meio da rua. Voltei para a calçada. Tentei pensar no que deveria fazer e não consegui. Minha esposa e filho tinham sido sequestrados por policiais assassinos e a culpa era minha.

Corri de volta para o parque. Eu pensava em abordar cada pessoa e perguntar se tinham visto uma mulher e uma criança sendo levados à força por dois homens parrudos. E eu desistia porque pareceria ridículo. Na verdade, a ideia de que uma mulher e uma criança foram sequestradas e arrastadas para fora de um parque cheio de gente, em plena luz do dia, era absurda.

Mas, ao mesmo tempo, eu pensava que era possível. Tudo era possível quando se tratava daqueles caras. E todas as ideias malucas se tornam possíveis quando se está desesperado, procurando sua família, sem ter ideia do que possa ter acontecido.

Meu telefone tocou e quase não consegui pegá-lo no meu bolso, tamanho era meu nervosismo. Quando finalmente consegui pegá-lo, a ligação tinha caído. Era uma chamada do telefone da minha mulher.

Logo me imaginei falando com o sequestrador, um homem com uma voz grave, dizendo que mataria os dois porque eu estava investigando a morte no Caju, porque estava me metendo em um assunto que não me dizia respeito.

Liguei de volta para o número da Fátima. Dessa vez, foi ela que não atendeu. Eu não estava conseguindo raciocinar. Os sinais de uma crise de ansiedade começaram a aparecer. Tentei focar minha mente em algo positivo, torcendo para que minha mulher e filho continuassem vivos e estivessem bem.

O telefone tocou mais uma vez. Atendi o mais rápido que pude, já pronto para gritar: *O que vocês fizeram com eles, seus desgraçados?*

– Ivo, onde você tá? – Era a voz da Fátima. – Tô aqui te esperando. Gritei teu nome no banheiro e você não respondeu.

– Fátima! – respondi com a voz mais agressiva que pude soltar. – Eu que te pergunto! Onde vocês se meteram? Querem me matar do coração, cacete?

– Ivo, para de gritar. O Artur queria ver o jacaré. A jaula ficava perto do banheiro. Achei que não teria problema nenhum levá-lo ali rapidinho enquanto você estava no banheiro.

– Jacaré?! Você tá louca? Eu falei pra vocês não saírem do lugar.

– Calma, Ivo. Deixa de ser estúpido. O que deu em você?

– Nada. Tô esperando vocês aqui do lado de fora.

Foi ótimo ver os dois saindo ilesos de dentro do zoológico, mas estava tão nervoso que nem os abracei. Tampouco falei qualquer outra coisa com a minha mulher.

No caminho de volta para casa, Fátima estava tão brava comigo que nem queria olhar para mim. Depois de alguns minutos, pedi desculpas. Disse que estava preocupado, mas não contei nada sobre os homens que estavam nos seguindo e sobre meu medo de que ela e Artur tivessem sido sequestrados.

***

Quando chegamos à casa, liguei o computador e fiquei olhando o ícone do arquivo da gravação que havia feito com o sargento Jair. Antes de abrir, fiquei pensando se valia a pena continuar com aquela história.

Eu realmente estava começando a ficar paranoico com aquilo. Não temia pela minha própria vida, mas estava apavorado só de pensar que aqueles policiais poderiam fazer alguma maldade com minha família.

Depois de muita indecisão, cliquei sobre o arquivo e voltei a ouvir a voz de Jair.

Adiantei o áudio para o trecho em que Jair contava que os oficiais já tinham sido seduzidos por aquele estranho ritual do coronel Cesário.

Os oficiais tinham passado a acreditar que o ritual era eficiente, que aquilo os tornava invencíveis. E, realmente, naquelas últimas operações ninguém do batalhão se ferira. Além do mais, eles sempre conseguiam prender ou matar os bandidos que eles buscavam.

Aquilo obviamente não provava coisa alguma sobre a suposta eficácia do ritual, já que, com ou sem a cerimônia, muitas vezes o Bope ficava meses sem qualquer baixa. E não é incomum que operações policiais deixem bandidos mortos. Por isso, Jair achou que talvez os oficiais só estivessem sendo sugestionados a acreditar no poder daquilo.

Naquele primeiro ritual envolvendo os praças, para o qual o sargento Jair tinha sido convocado a participar, o coronel Cesário falou que nunca mais o episódio do Morro do Dendê seria repetido, que ele nunca mais perderia seus homens. Era a primeira vez que Jair ouvia o comandante falando sobre aquele episódio traumático.

Mas, para garantir que voltassem inteiros da batalha, os integrantes da tropa de elite tinham que se entregar, de corpo e alma, para o "espírito da guerra".

Inicialmente, Jair achou que o comandante falava sobre um "espírito da guerra" figurativo. Conforme o coronel ia falando, no entanto, o sargento percebia que ele se referia a um "espírito" no sentido sobrenatural da palavra, como se fosse uma entidade a quem todos os policiais deveriam entregar sua alma para garantir que sobreviveriam, intactos, às operações policiais.

Dei uma pausa no áudio. Ouvir aquela parte da gravação me causou uma sensação estranha, de irrealidade, assim como aconteceu quando ouvi o Jair contando esse episódio, ao vivo, no nosso encontro no café. Senti um mal-estar e tive que abrir a janela do meu escritório. O som das crianças brincando na rua, lá embaixo, me trouxe de volta à realidade.

Bebi um copo d'água e voltei a ouvir o relato do sargento.

No meio daquela reunião com o coronel, Jair começou a sentir que não devia estar ali porque era um cristão evangélico. Há dez anos, havia se convertido e acreditava que o envolvimento em qualquer ritual que não fosse voltado exclusivamente para Jesus Cristo era uma coisa de Satanás.

Na hora em que Jair ouviu Cesário dizendo que os policiais deveriam entregar sua alma ao tal "espírito da guerra", ele olhou para o lado e viu o rosto de outros três "irmãos" cristãos. Eles também estavam horrorizados com aquilo. Aquele ritual parecia uma seita religiosa e não tinha nada de militar.

Depois que Cesário terminou de falar sobre o espírito, cinco oficiais entraram no saguão do Bope carregando, cada um, dois baldes. E começaram a passar os recipientes, de mão em mão, para que cada caveira bebesse um pouco do conteúdo.

Jair estava na segunda fila, logo atrás dos oficiais. Quando um dos baldes chegou às suas mãos, ele confirmou que era sangue. O cheiro era forte e enjoativo. Ele não conseguiu levar aquilo até sua boca e passou-o adiante, sem beber.

O major Élson, que era o principal responsável pelo planejamento das operações do batalhão, o observava de longe e reparou na postura adotada por Jair. Ele viu que seu subordinado não havia bebido o líquido vermelho do balde.

Outros 20 praças, que eram cristãos assim como Jair, também se recusaram a beber o sangue. Jair disse que, se o ritual não tivesse qualquer conotação religiosa, ele e seus 20 "irmãos" teriam bebido sem pestanejar. Afinal, ele já havia bebido sangue animal em seu curso de preparação para o Bope. Mas todos perceberam que aquilo não era nem um pouco cristão.

Beber aquilo significaria desagradar o "Deus de Israel", nas suas palavras. Significaria estar condenado ao inferno para toda a eternidade.

Todos que se recusaram a ingerir o sangue foram retirados de suas fileiras e levados para fora do saguão imediatamente. Enquanto eles saíam, o coronel Cesário interrompeu o ritual e só o retomou quando todos os "rebeldes" estavam do lado de fora.

O major Élson, que ainda estava com a boca suja de sangue, foi quem os escoltou para fora do saguão. Ele estava transtornado. Perguntou por que eles estavam se comportando daquela forma e disse que o Bope não era lugar para "frescuras". O major os lembrou de que todos eles tinham feito coisas piores durante o curso de operações especiais. Um dos policiais, Jair não se lembrava quem, disse que eles, como cristãos, jamais poderiam participar de um ritual satânico.

Outro soldado, chamado Cristian, foi mais longe e disse que Deus não aprovava a adoração de falsos deuses e que levaria todos ao inferno se eles não parassem com aquele ritual maldito. "É o que nos diz o livro sagrado", falou Cristian, segundo Jair.

Na mesma hora, o major Élson deu-lhe um tapa na cara e mandou-o se calar. Ele dispensou todos os que se recusaram a participar do ritual e disse que eles não integrariam a operação naquele dia, para não colocar em risco os colegas do batalhão.

Jair continuou seu relato e disse que ele e os "irmãos" ficaram no pátio, até o fim do ritual, esperando que seus companheiros deixassem o saguão. Quando os participantes da cerimônia finalmente saíram, eles se dirigiram aos carros, já com o objetivo de partir para a missão daquele dia, sem falar nada com os cristãos.

Depois que todos deixaram o quartel, Jair e os outros "irmãos" foram para o alojamento dos praças e se sentaram em silêncio, nas camas.

O cabo Ribamar foi o primeiro a falar. Disse que não acreditava que o Bope, uma unidade de elite da Polícia Militar, estivesse realizando uma coisa sem sentido como aquele ritual. Todos eram soldados altamente especializados, mas estavam se entregando a uma superstição idiota.

O sargento e os outros se perguntavam o que, afinal, se passava na cabeça dos oficiais do batalhão para fazer aquele ritual antes de cada operação? E por que eles estavam obrigando todos os caveiras a participar daquilo?

Jair achava que o ritual era algo sem sentido, além de repulsivo, mas, se alguns soldados queriam participar daquilo, que eles o fizessem sozinhos. As crenças religiosas dos policiais evangélicos tinham que ser respeitadas.

Então, eles fizeram um círculo, de mãos dadas, e começaram a orar. Ficaram ali orando por cerca de uma hora. Os 20 "irmãos cristãos" permaneceram no quartel, excluídos da missão da qual os demais participavam.

Quando os outros caveiras retornaram da operação policial, Jair tentou conversar com os praças que haviam participado, mas ninguém quis falar com ele. A maioria estava convencida de que Jair e os outros que se recusaram a beber o sangue eram traidores e não mereciam fazer parte do grupo.

Alguns poucos não encaravam os cristãos como traíras, mas estavam com muito medo para conversar com eles. Daquele dia em diante, Jair não se sentiu mais acolhido no batalhão.

Quando o Bope foi convocado para mais uma operação, novamente houve o ritual dentro do saguão. Jair e seus "irmãos" não foram convidados. Mas, diferentemente da operação anterior, dessa vez aqueles que não participaram do ritual foram convocados para a ação policial, junto com seus companheiros.

O sargento contou que ele e seus "irmãos" se sentiram deslocados durante toda a operação policial, como se não fizessem parte do batalhão, ou melhor, da fraternidade que se criou depois do ritual. Jair relatou que, por várias vezes, foi deixado, no meio do tiroteio, sozinho. Seus subordinados não o seguiam. Eles continuavam pela favela, ignorando o papel de liderança do sargento no grupamento.

Quando Jair os chamava, eles não respondiam. O sargento ficava falando sozinho.

Naquela mesma operação, um dos policiais do grupo dos evangélicos, o cabo França, que estava com outro grupamento, foi ferido com estilhaços de bala no cotovelo. Ninguém voltou para socorrê-lo.

Seus companheiros de grupamento continuaram avançando pela favela, sem se preocupar com ele. França teve que voltar sozinho até a entrada da favela para receber os primeiros socorros dentro do veículo blindado.

Jair só soube do ferimento do cabo França quando todos voltaram ao batalhão. Naquela noite, o sargento procurou seu colega ferido e eles conversaram sobre como os outros policiais estavam estranhos. França contou que foi deixado para trás em várias ocasiões, inclusive depois de seu ferimento que, para sua sorte, era apenas superficial.

Dei uma pausa no áudio de Jair e fui até a cozinha, procurar algo para comer. Fátima e Artur já tinham almoçado. Meu filho foi tirar uma soneca da tarde.

Aproximei-me de Fátima e dei-lhe um beijo na nuca. Ela tentou se esquivar. Pedi perdão por ter sido grosseiro no zoológico mais cedo. Ela me odiava quando eu agia daquela forma. Acabei sendo impelido a contar-lhe que estava fazendo uma reportagem sobre violência policial e que não estava tendo o progresso que eu gostaria.

Não entrei em detalhes, tampouco revelei que acreditara que dois estranhos tinham sequestrado minha família. Disse apenas que aquela reportagem inconclusiva estava me deixando um pouco estressado.

Ela finalmente me beijou e ficamos juntos um tempo no sofá, assistindo a um filme de comédia romântica na TV.

Quando o filme estava acabando, Artur acordou e exigiu um pouco da minha atenção. Nós brincamos por algum tempo com os pequenos animais de brinquedo que ele tinha. A ida ao zoológico havia atiçado sua imaginação acerca dos bichos. Ele pegou um leão e uma zebra de borracha e começou a atacar os animais que eu tinha escolhido para brincar: um hipopótamo e um cavalo.

Fátima me perguntou se eu podia dar-lhe o lanche da tarde. Não recusei o pedido. Cortei uma fatia de melão e dividi-a em pequenos pedaços que dei para o moleque comer enquanto o leão atacava a zebra, que até alguns minutos atrás era sua companheira.

Depois de passar cerca de uma hora brincando com meu filho, voltei ao escritório para escutar mais um pouco da entrevista do Jair.

***

Na semana seguinte ao ferimento do cabo França, o primeiro dos seus "irmãos cristãos" morreu durante uma operação policial. O soldado Cristian, o mesmo que tinha discutido com o major no dia em que os cristãos foram expulsos do ritual, morreu com um tiro na nuca. Foi nesse ponto que Jair começou a ficar com medo de seus companheiros.

Cristian estava acompanhado de seis de seus colegas quando morreu. Eles participavam de uma incursão noturna ao Complexo do Alemão, um dos maiores complexos de favelas da cidade do Rio e provavelmente um dos mais problemáticos em relação à segurança pública.

A última vez que Jair o vira, havia sido pouco antes do grupamento dele entrar pela Rua Antônio Austregésilo. O grupo do sargento entrou por outra via, uma ruela de cujo nome ele não se recordava, na comunidade da Nova Brasília, uma das favelas do Alemão.

O grupo de Jair voltou ao ponto de concentração da operação, na Avenida Itaóca, antes de um Caveirão, que vinha da Antônio Austregésilo, chegar ao local com o corpo de Cristian. Os companheiros de grupamento do morto explicaram que ele tinha sido atingido por um traficante que apareceu repentinamente atrás do grupo. Cristian estava na retaguarda e, por isso, foi baleado, contaram os companheiros.

Eles "lamentaram a perda de um guerreiro", mas Jair sentiu a falsidade em suas vozes. Os outros seis integrantes do grupamento de Cristian não demonstraram qualquer emoção ao falar da morte do colega. Quando eles tiraram suas balaclavas, Jair pôde ver que todos tinham as marcas de sangue do ritual em seus rostos.

O sargento não queria acreditar naquela hora, mas algo lhe dizia que os responsáveis pelo assassinato de Cristian tinham sido seus próprios companheiros.

Cristian havia sido o único que não marcara seu rosto com sangue no ritual do batalhão, mas voltara com sua cabeça mais ensanguentada do que os companheiros, com seu cérebro estraçalhado por um tiro de fuzil.

Depois daquilo, mais três policiais cristãos foram mortos e cinco ficaram feridos em outras operações. Tudo isso em um espaço de menos de quatro meses. Depois de tantas mortes, Jair decidiu que precisava, definitivamente, abandonar a farda preta e pedir transferência para outra unidade da Polícia Militar.

Outros seis "irmãos cristãos" também decidiram fazer a mesma coisa, segundo o sargento. Daqueles que ficaram, dois morreram em ação no mês seguinte, enquanto outros resolveram aderir ao ritual, apesar de sua crença de que aquilo era satânico. Segundo Jair, não havia mais nenhum policial no Bope que não participasse daquela cerimônia demoníaca.

– Demoníaca? – lembro-me de ter perguntado ao Jair, enquanto comíamos um lanche no café do centro da cidade. – Você realmente acredita que esse ritual era demoníaco?

– Qualquer ritual que invoque um espírito não é coisa que agrada o Senhor – respondeu Jair. – Ser possuído por esse espírito não é uma coisa de Deus.

– Você acha que eles eram realmente possuídos?

Jair disse que todos que participavam da cerimônia presidida por Cesário saíam estranhos. Pareciam ser outras pessoas. Na verdade, pareciam autômatos. Com olhares e feições tensos que transpareciam uma vontade de matar.

Muitas vezes Jair tentava falar com seus colegas depois do ritual, mas eles pareciam ser pessoas estranhas, desconhecidas. Certa vez, depois de um dos rituais, Jair disse que tentou conversar com um sargento, companheiro de longa data, que tinha tanto tempo de Bope quanto ele.

O colega apenas olhou para Jair, mas não falou nada. Nem mesmo cumprimentou-o. Naquele silêncio, Jair fitou os olhos do companheiro. As íris naturalmente azuis daquele policial estavam escuras, completamente preenchidas por sua pupila preta. E a esclera, em vez de branca, estava vermelha.

Depois daquela tentativa frustrada de conversa, que durou pouco menos do que três minutos, o colega desviou o rosto de Jair e, sem dizer nada, seguiu em direção ao Caveirão, onde embarcaria para a missão do dia.

Jair já suspeitava que os colegas ficassem esquisitos depois do ritual porque eram colocados sob aquela influência maligna, possuídos pelo tal "espírito da guerra".

Mas a suspeita foi se tornando uma convicção com o passar do tempo.

Perguntei ao sargento se ele achava que seus colegas poderiam ter sido submetidos à ingestão de substâncias psicotrópicas naquele ritual. Se não era por isso que eles ficavam estranhos.

– Não eram substâncias. Eles estavam possuídos por uma força estranha – Jair insistiu.

Achei que Jair só pensava aquilo porque ele era um fiel cristão fervoroso e, por isso, acreditava em forças sobrenaturais. Mas eu não compartilhava da visão do sargento.

Se o relato de Jair fosse verídico, eu achava ser possível que aqueles policiais estivessem se drogando com substâncias que alteravam suas mentes.

Dei outra pausa no áudio de Jair e fiz uma rápida busca pela internet.

As seis mortes de caveiras e os casos de policiais feridos tinham sido todos noticiados. Inclusive havia uma reportagem, publicada logo depois da última morte registrada, que tentava explicar o grande número de baixas do Bope através da hipótese de que os traficantes estavam mais audaciosos, mais bem equipados e mais bem treinados. Eu me lembrava daquela reportagem, que havia sido feita por um jornal concorrente.

O coronel Cesário era, inclusive, ouvido na matéria. Ele confirmava a teoria de que os bandidos estavam mais bem preparados e dizia que o Bope precisava aprimorar suas técnicas de combate para evitar novas baixas.

Coronel filho da puta, pensei. *Se o Jair estiver falando a verdade, esse cretino do Cesário está sacrificando seus próprios homens para continuar com seu ritual bizarro. Ritual, aliás, que ele havia supostamente iniciado com o objetivo de evitar novas mortes.*

Quando pensei naquilo, lembrei-me da pergunta que havia feito a Jair, na hora em que conversávamos no café.

– O objetivo do ritual não era supostamente evitar a perda de mais homens do Bope? – perguntei, enquanto bebia um gole de café.

– Para o Cesário, quem não aderia ao ritual não era digno de fazer parte do grupo. Logo, ele não nos enxergava como companheiros. Éramos párias por não aceitar fazer parte daquela cerimônia – respondeu Jair, já demonstrando cansaço por ter falado durante tanto tempo. – O comandante acreditava que o ritual tinha que ser seguido por todo mundo. E, se parte do batalhão quebrasse a corrente, isso colocaria em risco a vida dos outros homens. No pensamento do coronel, se a gente não se preocupava em causar o mal ao batalhão, não éramos dignos de respeito, de confiança e de continuarmos vivos.

Pensei que aquilo era escandaloso. O coronel estava drogando seus policiais em um pseudorritual para torná-los máquinas de matar mais eficientes e sem consciência. E estava eliminando qualquer um que se colocasse em seu caminho.

Não se trata de uma droga. Um espírito maligno está possuindo os corpos e mentes dos policiais durante o ritual, ouvi uma voz, que se parecia com a do sargento Jair, protestar dentro da minha mente.

Dei outra pausa na entrevista. Eu sabia que ele contaria coisas ainda mais pesadas em seguida. Ele começaria a explicar por que o menino Serginho havia sido morto por seus ex-colegas. Eu não estava pronto ainda para ouvir aquelas coisas de novo. Precisava de um pouco de descanso.

CAPÍTULO 10

OS SACRIFÍCIOS

Naquele sábado, decidi dormir mais cedo, mas não consegui manter meu sono por muito tempo. Fui despertado por uma ligação do meu amigo Chicão, do Instituto de Criminalística. Ele tinha novidades sobre o estojo de munição que eu encontrara na casa do menino.

– Ivo, você tinha razão, a munição faz parte de um lote adquirido pela Polícia Militar e utilizado pelo Batalhão de Operações Especiais.

Não consegui esconder minha empolgação. Depois de tantas pistas, eu finalmente tinha algo concreto em que ancorar minha história.

– Nem eu imaginava que eles fossem ser tão amadores de usar munição da própria polícia e não se preocupar em recolher a cápsula depois.

– É algo estranho mesmo – respondeu Chicão.

Minha teoria de que os policiais do Bope estavam agindo sob o efeito de drogas parecia fazer sentido. Nenhum policial que tivesse controle pleno sobre suas faculdades mentais faria uma execução e deixaria provas irrefutáveis de sua participação no crime.

– O que podemos fazer diante dessas provas agora?

– Como eu te disse, Ivo. A polícia não pode fazer nada. Não temos a cápsula em nossas mãos e, provavelmente, nunca teremos. A foto que você tirou não serve para nada, em termos de processo criminal. Mas você pode escrever sua matéria.

Era exatamente isso que eu faria. A cápsula era prova suficiente para ligar o Bope ao assassinato da criança. Para explicar como encontrei aquela peça da munição, eu contaria a verdade na reportagem. Eu diria que visitei a casa de Sônia na noite anterior à perícia e encontrei a bala. Diria que orientei a dona da casa a não mexer no artefato até o dia seguinte, para não contaminar a prova. E, por fim, contaria que o material sumiu misteriosamente antes da perícia.

Eu também tinha provas sobre a adulteração do laudo do IML e o sumiço do projétil retirado da cabeça de Serginho. Para coroar aquilo, o legista responsável pelo caso, e possivelmente única testemunha do crime de fraude processual, havia sido oportunamente assassinado.

Agora, eu precisava entrar em contato com o batalhão e ouvir a versão oficial deles. É claro que eu ouviria um monte de mentiras, mas isso não importava. Eu ouviria os acusados apenas porque as regras jornalísticas me obrigavam a isso. Minha reportagem mostraria que Sônia, a mãe de Serginho, estava certa o tempo inteiro.

Agradeci ao Chicão por ter me ajudado no caso e encerrei a ligação. Fátima resmungou porque eu estava fazendo barulho no quarto. Pedi desculpas e beijei sua testa. Virei para o lado e dormi rapidamente. Não sei como consegui pegar no sono depois de ficar tão empolgado, mas a verdade é que apaguei. Era provavelmente o cansaço que sentia.

***

Acordei no dia seguinte mais cedo do que minha mulher e meu filho. Aproveitei que ainda era domingo e resolvi fazer algo que não fazia há muito tempo: dei uma corrida pelas ruas do bairro. Quando voltei para casa, Artur e Fátima já estavam acordados. Eu tinha trazido pão quentinho e tomamos nosso café da manhã.

Contei à minha mulher que havia finalmente conseguido a prova que faltava para incriminar os policiais na reportagem que eu vinha escrevendo. Novamente, poupei-a dos detalhes da história. Não mencionei que os policiais em questão eram os respeitados (e perigosos) caveiras do Bope.

Fátima ficou feliz por mim e disse esperar que, a partir daquele momento, eu ficasse mais calmo. Em seguida, ela disse que passaria o domingo na casa dos pais dela. O Artur queria ver os avós e eles também estavam nos cobrando para receberem uma visita do neto.

Disse a ela que eu não iria com eles porque precisava fazer mais algumas coisas antes de escrever a reportagem. Talvez eu conseguisse deixar tudo pronto naquele mesmo dia e enviar para o jornal, para que a história fosse publicada na edição do dia seguinte.

Fátima não conseguiu esconder sua decepção. Ela esperava que passássemos aquele domingo juntos, depois do fiasco do passeio de sábado.

Logo que os dois saíram de casa, voltei a ouvir a entrevista do Jair.

O sargento contou-me que assim que o cabo França foi ferido, os cristãos começaram a desconfiar que o sangue usado na cerimônia não era animal. Dois dias antes de morrer, o soldado Cristian disse ter ouvido a conversa de dois oficiais em que eles falavam sobre o sacrifício de crianças.

Meu estômago embrulhou ao ouvir o relato de Jair novamente. Pensei no menino do Caju e achei que, se o sargento estivesse certo, Serginho poderia ter sido uma dessas vítimas.

No dia em que nos encontramos no café, achei o relato de Jair um pouco exagerado. Mas depois de tudo o que vi nos dias seguintes à nossa conversa, passei a acreditar que aquilo era cada vez mais possível.

O ar-condicionado do meu escritório estava ligado, mas eu suava ouvindo aquilo que Jair contava na entrevista.

Jair disse que ele e seus colegas começaram a prestar atenção na possibilidade de que os rituais envolvessem o sangue de crianças. Um dos cristãos, o cabo Joelson, tinha acesso aos relatórios operacionais das ações do Bope porque ele trabalhava na chamada P2, a seção de inteligência do batalhão.

E foi Joelson que começou a monitorar aquilo. No dia em que Cristian mencionou o suposto uso de sangue humano infantil nos rituais, o cabo da P2 deu uma vasculhada nos arquivos das operações feitas nas semanas anteriores e se espantou quando viu os relatórios.

Nos trinta dias anteriores, o Bope tinha feito nove grandes operações em favelas do Rio. Em quatro delas foram registradas mortes de meninos entre 10 e 13 anos. Os relatórios internos da P2 diziam que as crianças eram soldados do tráfico e tinham morrido em confronto com os policiais.

Mas Joelson foi além dos documentos internos do serviço reservado do batalhão. Ele pesquisou junto às delegacias que fizeram os registros de ocorrência das operações do Bope.

Outras cinco crianças, meninos e meninas entre 2 e 9 anos de idade, tinham morrido durante as ações do batalhão e haviam sido registradas como vítimas de balas perdidas.

Nove crianças no total, entre 2 e 13 anos de idade, tinham sido mortas durante operações do Bope no período de um mês. Cada vítima em uma operação diferente.

Quando Joelson concluiu seu levantamento, Cristian já estava morto. A partir daquele dia, os cristãos do batalhão passaram a ter certeza de que os policiais estavam sacrificando crianças.

Parei a gravação novamente e corri para o banheiro para vomitar meu café da manhã. Várias crianças morrem todos os anos, vítimas da violência no estado do Rio de Janeiro.

Sei que operações policiais podem vitimar crianças, acidentalmente ou não, mas 9 crianças em apenas trinta dias de ações do Bope era um número bastante elevado. O suficiente para se suspeitar que, como afirmava Jair, o batalhão estava envolvido em algo realmente estranho.

Era surpreendente que ninguém tivesse prestado atenção a esse verdadeiro massacre. Talvez porque a sociedade não se comova com a morte de crianças pobres.

Depois de descobrirem isso, Jair e seus colegas começaram a prestar mais atenção nas baixas ocorridas durante as operações de seu batalhão. As mortes de crianças continuaram a ser frequentes. Todos eles, inclusive, acabaram testemunhando a morte de crianças em suas ações.

Cerca de três meses depois da morte de Cristian, Jair presenciou uma dessas execuções. O sargento contou que seu grupamento estava subindo o Morro dos Prazeres em um grupo de seis homens. Ele "liderava" sua pequena tropa, que tinha também os cabos Afonso e Guimarães e os soldados Ezequiel, Laredo e Souza.

Ele tinha passado a evitar dar ordens para seus homens desde aquele dia em que foi completamente ignorado.

Em geral, seus homens agiam por conta própria. Ele era um "comandante" de grupamento virtual, uma Rainha da Inglaterra de farda preta. Os comandos de Jair se restringiam apenas a coisas essenciais. E, mesmo assim, o sargento sabia que não seria obedecido.

Muitas vezes seus subordinados avançavam mesmo quando Jair sinalizava para que eles parassem. Ou então seguiam por uma rota diferente da que o sargento tinha estabelecido.

O tiroteio não estava intenso naquele dia, lembrou-se Jair. Eles ouviam apenas alguns disparos de vez em quando. Dois helicópteros davam cobertura para a operação, o que intimidava seus inimigos. Com as aeronaves sobrevoando a favela, nenhum criminoso se arriscava a ficar sobre as lajes das casas para atirar nos policiais.

O grupamento de Jair já estava quase no alto da favela, fazendo as buscas rotineiras por mais elementos armados. Foi quando ele ouviu um tiro sendo disparado atrás dele.

O sargento olhou para trás, a tempo de ver o cabo Guimarães baixando seu fuzil. Ele tinha atirado em alguém e Jair também apontou, de forma instintiva, seu fuzil na direção para a qual ele tinha atirado.

A adrenalina provocada por aquele disparo fez com que Jair demorasse a perceber em que o Guimarães tinha atirado. Só depois de algum tempo, o sargento reparou que havia um menino caído na porta de uma casa.

Ele devia ter uns 8 ou 9 anos, pelo que Jair pôde notar. O sargento lembrou-se de ter gritado para o cabo:

– Que merda deu em você?! É uma criança!

Guimarães não respondeu. Ficou só olhando para a criança. Jair andou até a vítima, no mesmo momento em que uma senhora idosa, que devia ser a avó do menino, saiu da casa e viu o corpo da criança deitado sobre uma poça de sangue.

– Porra, o que deu em você, Guimarães? Puta que o pariu!

Jair se abaixou e pegou o pulso do menino, para saber se ainda havia batimentos cardíacos. Mas ele já estava morto. Recebeu um tiro de 5.56 na cabeça. Dificilmente sobreviveria.

– Ele surgiu de repente na porta. Parecia que estava armado – respondeu Guimarães, sem fazer questão de ser muito convincente, na visão de Jair.

O sargento disse ter a impressão de que aquela criança já estava na porta quando o grupamento passou por ela. Jair podia quase afirmar que ela estava lá o tempo todo. Ele não tinha 100% de certeza, porque quando os policiais estão em uma incursão assim, todos ficam com suas atenções focadas em possíveis ameaças e elementos hostis, mas ele tinha convicção de que a justificativa do Guimarães era furada.

O soldado Laredo, que estava ao lado do Guimarães quando foi feito o disparo, confirmou a versão do colega, mas Jair sabia que eles estavam mentindo. O sargento podia ver a mentira estampada na cara deles.

O garoto estava na porta o tempo todo, observando a movimentação dos policiais pela sua rua, curioso, como qualquer criança. Era nisso que Jair acreditava.

O menino não apresentava qualquer risco e Guimarães sabia disso. Ele foi executado por pura maldade. Ainda com a adrenalina a mil, Jair contou ter dado as costas para o grupo, buscado seu radiotransmissor e chamado outros companheiros do batalhão.

A chamada durou apenas cerca de dois minutos, mas quando Jair se voltou para o menino, quatro de seus subordinados mexiam no corpo, enquanto outro empurrava a idosa, que devia ser avó da criança, para dentro de casa.

Jair ficou atônito com o que via. Eles estavam usando um cantil para recolher o sangue da criança que escorria do ferimento. O sargento demorou um tempo para se refazer daquela visão. Quando finalmente perguntou o que eles estavam fazendo, a porta da casa tinha sido fechada, com a idosa dentro dela, e o cantil estava sendo guardado, cheio com o sangue da criança.

Nenhum de seus homens respondeu à sua pergunta. Eles apenas se levantaram e foram embora, deixando o corpo jogado no chão e Jair sem resposta. A idosa finalmente conseguiu abrir a porta e agarrou-se ao corpo sem vida da criança. Jair pensou em pedir perdão por aquilo, mas ele só conseguiria atrair a atenção de toda a favela para ele.

Então, Jair seguiu atrás de seus companheiros. A partir daquele dia, ele teve certeza de que o sangue oferecido no ritual não era animal, mas humano.

Depois de ouvir aquilo, não consegui chegar até o banheiro e vomitei tudo ali mesmo. A entrevista já estava no fim. Nem precisei ouvir o resto, eu me lembrava do que o ex-militar do Bope havia me contado no café.

As mortes de crianças continuaram. Quando Jair saiu do batalhão, as vítimas infantis em operações do Bope já chegavam a quase quarenta. O sargento disse que não era possível saber quantas mais tinham morrido, já que algumas delas apenas desapareciam. Jair soube do caso de pelo menos três meninos que desapareceram durante ações do batalhão.

E ele sabia que as mortes continuavam, assim como o nefasto ritual em honra ao "espírito da guerra".

***

Depois de ouvir o relato, abri a janela para pegar um pouco de ar fresco. Já tinha transcrito toda a entrevista, mas não usaria aquele material na reportagem sobre a morte de Serginho. Continuaria tentando reunir mais informações acerca daquele suposto ritual que drogava os policiais e os levava a assassinar crianças.

Aquele era um grande furo, mas precisava de dados mais concretos. A simples entrevista com um ex-integrante do Bope não era suficiente para que a história fosse publicada.

Primeiro tornaria pública a execução do pequeno Sérgio. Depois tentaria me aprofundar na história do ritual.

Tinha apenas uma coisa que precisava esclarecer antes de publicar a reportagem sobre a execução do menino e as suspeitas de adulteração de provas. Peguei o telefone e liguei para o Claudinei, o legista amigo meu. Precisava de informações sobre a morte de Roberval.

Claudinei atendeu e, antes que eu pudesse falar qualquer coisa, ele disse:

– Curioso você ter ligado, Ivo. Eu tava pensando em você.

– Mesmo? Mas eu já sou casado, meu amigo.

Ouvi a risada do Claudinei do outro lado da linha.

– Que pena! Mas eu tava pensando em você por outro motivo. Lembra-se do Roberval? O legista que te apresentei? Ele está morto.

– Fiquei sabendo. E é engraçado, porque foi justamente por isso que eu te liguei, meu amigo. Descobri algumas coisas sobre aquela história do menino do Caju e acho que a morte do teu colega pode ter relação com o caso. Queria conversar contigo sobre isso.

Claudinei ficou em silêncio e depois perguntou se eu poderia encontrá-lo dali a uma hora no IML. Concordei e desliguei o telefone.

A Fátima estava usando o carro na visita aos pais, então montei na minha bicicleta e fui até o centro da cidade.

Cheguei em quarenta minutos. Prendi minha bicicleta no poste da calçada em frente ao IML e entrei a pé no estacionamento. Antes que eu chegasse ao prédio, vi que a Alice falava com um homem, encostada em um dos carros. Enquanto conversavam, os dois se acariciavam. Aquele era provavelmente o policial com quem ela estava saindo.

Pensei em cumprimentá-la, mas desisti assim que percebi um detalhe no braço do homem. Era a tatuagem de um crânio atravessado por uma faca, à frente de dois revólveres cruzados, o símbolo do Batalhão de Operações Especiais.

Parei onde estava e virei meu rosto. Não queria que os dois soubessem que eu estava ali. Dei meia-volta e me escondi na lateral do prédio, onde eles não conseguiriam me ver.

Desgraçada, está namorando um caveira. Foi ela que falou pra eles da minha investigação sobre a morte do Serginho.

Minha desconfiança tinha fundamento. Eu havia contado a ela que o motivo da minha visita ao IML naquele dia era esclarecer a suposta execução de uma criança por policiais do Bope.

Então assim que soube a razão da minha visita ao IML, avisou o namorado. Não era preciso pensar muito para chegar a essa conclusão.

Fiquei ali por cinco minutos, esperando até que o namorado de Alice fosse embora. A recepcionista ainda não tinha entrado no prédio quando a abordei. Ela pareceu se assustar, mas logo jogou seu charme para cima de mim.

– O que meu repórter favorito está fazendo aqui? Veio me ver?

– Corta o papo furado, Alice – eu disse, pegando-a pelo braço e levando-a para fora do estacionamento do IML. – Quero te fazer uma pergunta muito séria.

Ela parecia assustada com a minha atitude e não falou nada.

– Você contou ao seu namorado sobre a minha visita ao IML na semana passada? – perguntei, enquanto chegávamos à calçada.

– Me solta. Tá louco? Quem você pensa que é pra me agarrar dessa forma?

– Sabia que você pode ter colaborado pra um crime de ocultação de provas? E pro assassinato de um legista daqui do IML?

Ela, enfim, agitou seus braços e soltou-se de mim.

– Se você encostar um dedo no meu corpo de novo, juro por Deus que vou falar com meu namorado.

– Sua desgra... – Não terminei a frase. Um cano frio foi colocado na minha nuca.

– Algum problema aqui, Alice?

A jovem parecia assustada com a repentina aparição de seu namorado, mas apenas balançou a cabeça, negando que estivesse sendo importunada.

– O que você vai falar pro seu namorado, Alice? – perguntou o brutamonte, enquanto mantinha a pistola apontada para a minha cabeça. A jovem não respondeu e ele a mandou entrar no IML. – Você é o repórter verme que tá querendo incriminar o batalhão, tô certo?

Eu assenti, movendo apenas a cabeça. Alice já tinha entrado no IML e eu estava sozinho com aquele homem.

– Acho que depois que a gente der uma volta, você vai aprender a não se meter com a gente, seu merda.

O caveira tirou a pistola da minha nuca, posicionou-a nas minhas costas, na altura do meu rim direito, e me levou até a rua ao lado do IML. Naquele momento, deixei de ser ateu e pedi a Deus para não morrer. Pensei no Artur e na Fátima. Eu não queria morrer, não naquela hora. Se o homem me colocasse dentro do carro e me levasse "para dar uma volta", provavelmente nunca mais veria minha família.

Chegamos ao carro do caveira, na rua ao lado, e ele abriu a porta do carona, sem tirar a arma das minhas costas. Naquele momento, pedi a Deus para salvar minha vida e disse que faria tudo para agradá--lo se saísse vivo daquela situação.

Já abaixava minha cabeça para entrar no carro, quando uma moto parou ao lado da gente.

– Tá indo onde, Ivo? Esqueceu o nosso encontro, mano?

Todos os pelos do meu corpo se eriçaram. Deus tinha ouvido minhas preces. Por algum milagre, Claudinei estava chegando ali naquela hora.

Eu nada disse. O caveira recolheu sua arma e guardou-a na cintura. Se Claudinei viu a pistola apontada para mim, não me falou nada.

– Fala aí, parceiro. Tudo bem? – Claudinei cumprimentou o caveira, que ele conhecia de vista. O soldado do Bope já tinha ido várias vezes ao IML para se encontrar com a Alice. – Vejo que você e o Ivo se conheceram.

– Fala aí. Tudo beleza? Ele tinha me pedido uma carona... – O caveira tentou elaborar uma desculpa melhor, mas não conseguiu e parou por ali.

Aproveitei para me afastar do caveira, buscando uma certa proteção no meu amigo recém-chegado.

– Sobe aí, te levo na garupa até o estacionamento – disse Claudinei e eu, prontamente, obedeci. Meu corpo todo suava frio.

Ele acelerou a moto, deu a volta na esquina e entrou no estacionamento do IML.

– O que tava pegando lá, Ivo? Mexeu com a Alice? Esse cara é barra pesada. Até para os padrões do Bope, meu amigo.

– Eu imaginei, Claudinei. Eu imaginei.

***

Já dentro do prédio do IML, sentamo-nos no mesmo refeitório onde eu tinha me encontrado com o Roberval. Contei ao Claudinei tudo o que eu tinha descoberto sobre o caso do Caju e mostrei os dois laudos cadavéricos divergentes. O legista balançou a cabeça, desaprovando aquilo.

– Roberval com certeza foi ameaçado de alguma forma para mudar o laudo. Ele não era do tipo que acobertava colegas e tampouco era daqueles que se corrompiam por dinheiro. Se todas as provas apontam para uma execução feita pelo Bope, é bem provável que eles tenham pegado o velho e o forçado a mudar as conclusões da sua autópsia.

Claudinei contou que Roberval era divorciado e tinha três filhos e dois netinhos. Era possível que os policiais tivessem ameaçado sua família. Algumas pessoas não cedem a ameaças às suas próprias vidas, mas se dobram facilmente quando há risco para o resto da família.

Perguntei sobre a autópsia do corpo de Roberval. Meu amigo legista pegou uma cópia do laudo e a analisou. Ele disse que não tinha nada de suspeito em relação à morte. A vítima tinha levado dois tiros a curta distância. Um atingiu o coração e o outro perfurou seu pulmão direito. Não havia sinais de tortura ou agressão. Era compatível com a versão de latrocínio investigada pela polícia.

– Mas isso não quer dizer nada – complementou Claudinei. – Eles apenas fizeram um trabalho bem feito desta vez. Executaram o velho de forma a parecer um roubo seguido de morte.

Sim, desta vez eles não estavam drogados como quando mataram o Serginho, pensei.

Drogados, não. Possuídos, ouvi a voz de Jair ecoando na minha mente, mas procurei ignorá-la.

Despedi-me de Claudinei. Antes de sair do IML, olhei para todos os lados. O namorado da Alice não parecia estar à vista. Mas isso não me deixou nem um pouco tranquilo. Estava com medo de que ele aparecesse, me desse um tiro na cabeça e dissesse que foi um roubo seguido de morte.

Montei em minha bicicleta e pedalei o mais rápido que pude. Já estava no meio do caminho entre o IML e a minha casa quando relaxei um pouco. Parei em um bar e pedi um suco. Precisava me hidratar.

***

Quando cheguei ao meu prédio, estava com muita fome. Parei a bicicleta ao lado da vaga do meu carro e, antes mesmo de subir até meu apartamento, fui ao boteco da dona Lourdes. Pedi um arroz com feijão, ovo e filé.

Depois de encher o estômago, subi para o meu apartamento. Quase coloquei toda a comida para fora no momento em que entrei em casa. Estava tudo revirado. Cadeiras caídas, portas de armário abertas, documentos espalhados pelo chão. A televisão estava quebrada.

– Desgraçados! Eles entraram no meu apartamento! – não conseguia acreditar que aqueles porcos tinham sido capazes de invadir minha casa.

A porta da sala estava trancada antes de eu abri-la, então não fazia ideia de como tinham entrado. Tentei abrir a porta da cozinha e vi que ela também permanecia trancada.

Um barulho vindo do escritório chamou minha atenção. Estava com medo de andar até lá e me deparar com um policial armado. Ouvi o barulho de alguma coisa pesada caindo no chão. Peguei uma faca e andei vagarosamente, sem fazer barulho, até chegar ao escritório. A porta estava encostada. Ouvi um barulho mais uma vez. Havia alguém ali dentro, com certeza.

Mais uma vez recorri a Deus. Estava me revelando um péssimo ateu no final das contas. Fiz um sinal da cruz e abri a porta de supetão. Senti uma forte ventania e um som horroroso, parecido com o guincho de um predador selvagem. Papéis voaram na minha direção e impediram que eu visse o que havia ali. Percebi apenas um vulto.

Repentinamente tudo ficou em silêncio. Corri até a janela, que estava aberta. Queria ver quem havia feito aquilo. Olhei para baixo, para os lados e para cima. Não havia nada. Eu morava no segundo andar. Era improvável que alguém tivesse pulado pela janela e fugido em tão pouco tempo.

– Meu Deus! O que diabos foi isso? – perguntei para mim mesmo, ainda tentando controlar a tremedeira das minhas mãos.

O escritório estava como a sala. Todo revirado. Meus livros estavam todos espalhados. Muitos deles com suas páginas estraçalhadas. O computador havia sido jogado no chão e parecia ter sido quebrado. Todas as portas do armário e gavetas estavam abertas, com seus conteúdos dispersados por todo lado.

Então, ouvi a voz de Jair ecoando em minha mente: *durante o ritual, os policiais são possuídos. Possuídos por uma força estranha, uma força maligna.*

Ao pensar naquilo, senti um frio na espinha. E quase tive um ataque cardíaco, quando o celular tocou no meu bolso.

– Sargento!

– Está tudo bem, Ivo? Sua voz está estranha...

– Alguém invadiu meu apartamento e mexeu em tudo.

– Arrombaram seu apartamento?

– Não. Ninguém arrombou nada. As portas estavam trancadas quando cheguei. Se alguém entrou por aqui foi pela janela – respondi. – É uma coincidência você ter me ligado. Eu estava pensando em você.

Jair deu um riso.

– Não existem coincidências. O Senhor falou comigo e mandou que eu ligasse pra você.

Puxei a cadeira do meu escritório e sentei-me um pouco, para recuperar meu fôlego.

– Vou publicar a reportagem sobre a morte do menino, Jair. Já tenho provas suficientes para ligar o Bope ao assassinato. Só preciso ouvir o que o batalhão tem a dizer oficialmente sobre o caso.

– Não publique nada agora.

– Por que não?

– Tem um "irmão" que continua no batalhão. O cabo Lucas é um dos que aceitaram fazer parte do ritual para não morrer e não ter que sair da unidade. Mas ele agora está arrependido.

– Ele continua no Bope?

– Sim. Ele continua lá. Lucas pediu perdão ao Senhor, mas não sabe se Deus vai perdoá-lo. – Jair parou por um minuto e depois voltou a falar. – Ele me disse que vai pedir dispensa do batalhão ainda esta semana. Ele aceitou te contar todas as abominações que viu naqueles rituais. Seu arrependimento provoca nele repulsa e vergonha por tudo o que ele fez. Ele se sente mal por ter sido fraco e abandonado os ensinamentos do Senhor. Mas ele acha que revelar tudo pra você faz parte de seu processo de expiação, acha que isso pode ajudá-lo a se livrar dos pecados que ele cometeu ao aceitar juntar-se àquela seita satânica. E o mais importante: ele também pode te contar o que aconteceu com o menino do Caju. Por isso, te peço para não publicar nada até conversar com ele.

– É claro que eu gostaria de encontrá-lo. Seria possível vê-lo ainda hoje?

– Creio que sim.

Jair disse que o cabo Lucas me ligaria ainda naquele dia, para marcar um encontro.

Desliguei o telefone e imediatamente liguei para Fátima. Disse que nosso apartamento tinha sido invadido e pedi a ela que passasse a noite na casa de seus pais.

– Que coisa horrível, Ivo! Está tudo bem contigo? – Fátima perguntou, assustada.

Disse que sim, que estava tudo bem. Fátima sabia do que os policiais eram capazes e me perguntou se aquilo tinha alguma relação com a reportagem que eu estava fazendo.

– Não tenho certeza – menti. – Mas é possível...

Disse que, para a segurança dela e do Artur, era importante que eles ficassem na casa dos pais dela. Tinha certeza de que aquilo era obra dos policiais, mas não queria deixar Fátima ainda mais assustada.

Expliquei-lhe que faria o registro de ocorrência na delegacia e pedi que ela ficasse calma.

Desliguei o telefone e fiquei um pouco mais aliviado ao afastar minha família, pelo menos temporariamente, da nossa casa e dos perigos.

Estava com medo. Muito medo. Mas não era possível voltar atrás. Tinha ido fundo demais na história e só me restava fazer a reportagem para denunciar aquelas pessoas.

Comecei a arrumar a casa. Primeiro varri os papéis que haviam sido espalhados dentro do escritório, depois, sem muita pressa, fui colocando tudo no lugar. Meu computador tinha sido destruído, assim como a televisão da sala. *Desgraçados!*

Os policiais tinham entrado na minha casa e, de alguma forma, conseguido escapar pela janela. *Ninguém conseguiria pular do segundo andar e desaparecer tão rápido*, pensei. Talvez os policiais do Bope, sim. Eles eram bem treinados e podiam fazer coisas que pessoas normais não conseguiam.

CAPÍTULO 11

CABO LUCAS

Já era noite quando o telefone tocou. A ligação estava ruim, com muito chiado. A pessoa se identificou como cabo Lucas. Ele estava pronto para me encontrar e informou o lugar onde estaria me esperando: uma praça perto da minha casa.

Coloquei uma roupa o mais rápido que pude e parti para o encontro com o militar do Bope. A praça estava escura e vazia. Fiquei com um pouco de receio de encontrá-lo ali. O homem ainda era integrante do batalhão. E se aquilo fosse uma armadilha para acabar de vez comigo?

Minha única garantia era que o contato havia sido feito através do Jair, o que não significava muita coisa, porque não conhecia profundamente o ex-sargento do Bope. Afinal, só tinha encontrado Jair uma vez na vida.

Aproximei-me da praça cautelosamente, pronto para desistir a qualquer momento. No local, havia apenas um homem. Ele estava sentado num dos bancos. Andei em sua direção, não querendo chegar lá. Quando estava a cinquenta metros dele, me dei conta de que não era mais possível desistir. Ele se levantou e caminhou na minha direção.

Usando um gorro de lã, apesar do calor, ele parou a três metros de mim. Olhou para os lados, desconfiado, e só então se aproximou e me cumprimentou com um aperto de mãos. Ele era um dos policiais que estavam na delegacia de São Cristóvão, na noite da morte do Serginho.

– Cabo Lucas. – ele se apresentou.

– Prazer, sou o Ivo.

– Jair me falou sobre a sua investigação – ele deu uma pausa, olhou para os lados novamente e então completou: – Vamos para o meu carro. Acho perigoso ficar aqui nessa praça.

Não havia ninguém na praça. Estava tudo escuro e a possibilidade de algum companheiro de batalhão o encontrar ali era quase nula, mas a paranoia do policial era absolutamente compreensível. Ele caminhou em direção a um veículo e pediu que eu entrasse no banco de trás do carro.

Se ele pretendesse me matar, aquela talvez fosse minha última chance de sair vivo. Lucas percebeu minha relutância e falou para confiar nele. Aquilo não significava nada, mas acabei obedecendo, não sei se era porque eu queria tirar a história do Serginho a limpo ou se estava com medo de ele me matar ali mesmo.

Depois que entrei, ele sentou-se ao volante e olhou à sua volta. Deu a partida e andou devagar, dando duas voltas completas na praça. Quando viu que ninguém o seguia, pegou a primeira rua à esquerda e saiu dali.

– Espero que Deus me perdoe um dia – disse Lucas, quebrando o silêncio. – Mas o que nós estamos fazendo dentro daquele quartel é tão repulsivo que nem sei se o Senhor poderá algum dia nos perdoar.

– O Jair me contou que você tem informações sobre a morte do menino Sérgio, do Parque Boa Esperança, no Caju.

Um carro nos cortou e Lucas fez uma manobra defensiva, jogando o próprio carro para o lado. Depois de retomar o rumo, ele disse:

– Pai querido, me perdoe – ele disse. – Eu estava lá quando ele foi morto.

Senti um misto de raiva e empolgação por aquela revelação. O policial tinha presenciado a morte de uma criança de 12 anos e não tinha feito nada para impedir os colegas. Pensei no meu filho, como acontecia toda vez que eu tomava conhecimento da morte de uma criança. Como ele pudera ficar impassível diante daquilo e ainda se dizer cristão? *Se existir um inferno, tomara que você queime nele pela eternidade*, pensei.

Ao mesmo tempo, tinha a oportunidade de conversar com um policial que presenciou a morte da criança inocente, que eu investigava há uma semana, e que estava disposto a contar tudo.

– Você viu como tudo aconteceu?

– Não só vi, como participei. – Essa confissão fez meus ossos gelarem. Eu estava no mesmo carro que um assassino de crianças. – Foi o meu grupamento que entrou na casa do menino, tirou-o dos braços da sua mãe, deu um tiro em sua cabeça e depois o arrastou para o valão.

Podia sentir que minha raiva agora superava a empolgação. Se eu tivesse uma arma, talvez tivesse dado um tiro na cabeça daquele ser desprezível. Que monstro seria capaz de participar daquilo?

– Foi você que deu o tiro na cabeça do Serginho?

– Por Deus, não. Eu vasculhei a casa para verificar se não havia mais ninguém ali e depois ajudei a arrastar o menino pela favela até o valão.

– Como... como você... foi capaz? – As palavras quase não saíram da minha boca. Eu estava realmente chocado com aquela revelação.

– Eu não tinha o controle pleno do meu corpo e mente naquele momento. Eu tinha consciência de tudo o que acontecia à minha volta. Eu me lembro de cada detalhe. Mas, ao mesmo tempo, não conseguia controlar minhas ações. Minha mente estava alterada e uma força estranha me controlava.

– Você estava drogado?

O policial pensou um pouco.

– Drogado? Não. Nunca usei drogas. O que controlava minhas ações não era um simples produto químico.

– Do que você está falando?

– Eu estava possuído. Assim como todos os meus companheiros naquela noite.

– Possuído? – Eu já tinha ouvido o Jair falar sobre aquilo, mas, sendo ateu, eu não conseguia aceitar aquela história. – Possuído mesmo? Por um espírito ruim?

– Que o Senhor perdoe os meus pecados – ele disse, pedindo perdão mais uma vez. – Sim, um espírito maligno.

– Você quer dizer que matou uma criança porque estava possuído?

– Eu sei que isso não vai me livrar de qualquer julgamento humano. Qualquer júri vai considerar o assassinato do menino um homicídio doloso. E não é isso que me preocupa. Eu tô preparado pra Justiça dos homens e pra passar alguns anos na prisão. Meu temor é em relação ao julgamento de Deus. Meu medo é passar a eternidade numa prisão pior do que qualquer penitenciária brasileira – Lucas disse, enquanto desacelerava para parar em um sinal vermelho. – Todos nós somos possuídos por uma força maligna quando participamos daquele maldito ritual.

Eu ainda tentava controlar minha raiva em relação àquele homem.

– O Jair me contou que o comandante passou a obrigar todos a participarem do ritual antes de cada operação. Isso significa que todos os homens entram nas favelas sem o controle pleno de suas ações?

– Sim, você está certo. Mas sei o que você está pensando e vou repetir: não se trata de uma droga. Todos nós, quando participamos de qualquer operação policial, estamos possuídos pelo Coisa Ruim. Agora todos os policiais do Bope participam do ritual. Quem se recusou a participar ou está fora do batalhão ou está morto. Então, quando nós entramos numa favela para fazer nossas incursões, estamos todos quase totalmente fora de controle. Nossa alma está sendo controlada por um espírito ruim.

– Por que vocês mataram o Serginho?

Lucas soltou um riso nervoso. Eu continuava achando que, a qualquer momento, ele se viraria para trás e daria um tiro na minha cabeça. O sinal abriu e o carro pôs-se em movimento.

– Você sabe o porquê. O Jair te falou sobre o sacrifício das crianças.

Sim, o Jair tinha me falado sobre aquilo e eu nunca mais conseguiria me esquecer.

– O Serginho, como você chama, foi apenas mais um – Lucas continuou. – Mais uma entre as dezenas de crianças que matamos para alimentar o Tihanare, o espírito que o coronel Cesário invoca em seus rituais. Nós matamos as crianças para que seu sangue seja usado no próximo ritual.

Pedi que ele parasse o carro, o que ele prontamente fez. Abri a porta e vomitei na rua. Enxuguei minha boca com a manga da minha própria camisa e voltei a fechar a porta. Era a primeira vez que eu ouvia aquele nome: Tihanare. Mas isso passou quase despercebido diante da confissão de Lucas de que o batalhão mais respeitado do Rio de Janeiro estava assassinando crianças.

O cabo não me perguntou se estava tudo bem. Ele tinha noção da gravidade do que tinha acabado de me contar.

– Então... vocês usam... vocês matam mesmo crianças para usar o sangue delas em um ritual? Como... como... vocês... conseguem?

– Dizem que o Tihanare nos protege na guerra. É um espírito da guerra. Ele torna invencíveis aqueles que se curvam a ele e extermina todos seus inimigos. Mas, para isso, é preciso oferecer o sacrifício de uma criança. É disso que ele se alimenta – disse Lucas. – Mas é um falso ídolo. É uma proteção falsa. Apenas Deus é capaz de te dar força para exterminar seus inimigos, assim como tornou imbatível o exército de Josué na conquista de Canaã. O Tihanare é apenas um falso deus. Tihanare nos faz pensar que somos invencíveis, mas eu sei que essa é apenas uma ilusão. Chegará um dia em que ele cobrará a sua parte do acordo e devorará nossas almas...

Lucas insistia na ideia de que um espírito ruim, que ele chamava de Tihanare, os fazia cometer atrocidades nas favelas cariocas. Como se a existência daquela fantasia fosse capaz de minimizar sua culpa.

– Cabo, você já ouviu o que está falando? Já ouviu o absurdo das suas alegações? Acho que você vai precisar de mais do que um bom advogado para te defender se continuar insistindo nessa história.

– Ivo, já te disse que a Justiça dos homens não me preocupa...

– Já sei. Você teme a Justiça divina – interrompi-o. – Entendo que você se arrepende do que fez por causa de suas convicções religiosas, mas eu queria deixar um pouco de lado essa história de Tihanare. Estou fazendo uma reportagem sobre a morte do Serginho, então meu interesse é na morte das crianças. Você disse que foram dezenas de mortes.

– Sim. Algumas crianças nós matamos e dizemos que elas morreram em confronto com a gente. Apenas dizemos que a criança estava armada e atirou na gente. São crianças de favela. Ninguém faz muitas perguntas sobre as circunstâncias das mortes. A delegacia acredita na nossa palavra e não investiga nada. As mortes de outras crianças, em geral as mais novinhas, podem suscitar dúvidas, mesmo para uma Polícia Civil que não está disposta a investigar nada. Nesses casos, a gente larga a criança no lugar onde foi morta. Ou então, tenta se livrar do corpo, jogá-lo num matagal, num valão. A gente diz, então, que foi bala perdida, finge que a vítima foi morta por traficantes ou apenas ignora a morte.

– Foi o que vocês fizeram com o Serginho...

– Ele já era mais velho, poderíamos ter dito apenas que ele atirou contra a gente. Mas acabamos matando ele dentro de casa. O subtenente Fraga, que chefiava o grupamento, achou melhor levar o menino para o valão.

Senti vontade de vomitar de novo, mas dessa vez, apenas abri a janela do carro.

– Ele ainda estava vivo quando a gente carregou ele pra fora de casa – disse Lucas, depois de uma pausa. – Ele ainda estava vivo. Não sei como. Ele levou um tiro na testa. Mas continuava com os olhos abertos e nos encarava. Aquilo era impossível, mas, por mais incrível que possa parecer, ele estava nos olhando. Seus olhos miravam cada um de nós.

– Meu Deus... – foi tudo o que consegui dizer.

– Na hora, não consegui sentir qualquer emoção, qualquer remorso. Como eu disse, estava sob a influência de uma força maligna. Mas, quando o espírito abandonou meu corpo depois da operação, naquela madrugada, comecei a me lembrar daquele rosto, daqueles olhos, pedindo clemência, pedindo ajuda...

Desgraçado! Você matou a criança sem qualquer piedade!

– Naquela madrugada, quando me deitei na cama, só conseguia pensar no rosto do menino. Foi quando eu decidi pedir perdão a Deus.

E você acha que Deus, qualquer deus, vai te perdoar?

– Naquela hora, enquanto eu falava com Deus, senti meu corpo ser preenchido por uma estranha força. Não era o Tihanare. Era uma sensação boa. Soube na hora que era o Espírito Santo. Mas minha alegria durou pouco tempo. Senti que eu era transportado para outra dimensão. Eu me mantive alerta o tempo inteiro naquela viagem.

Filho da mãe! Cria uma fantasia para justificar seus erros e lidar com seus remorsos. Não é homem o suficiente para assumir suas próprias ações.

– Então eu vi o inferno. Nunca vou me esquecer daquela visão. O menino que tínhamos acabado de matar pegou a minha mão e me guiou até um rio de lava, onde almas sofredoras pediam misericórdia. O menino me encarou. Ele tinha o mesmo olhar de quando o carregamos até a mata e tiramos seu sangue para o Tihanare. Eu percebi que aquela era a forma de Deus me mostrar que eu precisava parar de participar daqueles rituais, que eu precisava parar de idolatrar um falso ídolo e parar de sacrificar crianças em honra desse espírito. Foi aí que eu decidi sair do Bope.

– Por que ele? Por que o Serginho?

– A operação já estava no fim e aquela era a vez do nosso grupamento sacrificar uma criança. Nós teríamos que catar alguma criança a esmo, na favela. Mas, de repente, enquanto matávamos um traficante, ele apareceu. Bem na nossa frente – Lucas disse. – Ele tinha testemunhado uma execução, mas não foi por isso que matamos ele. Nós teríamos que sacrificar alguém e a oportunidade surgiu. Ele correu e o perseguimos até a sua casa.

Aquela confissão era uma das coisas mais nojentas que eu já tinha ouvido.

Ficamos um tempo em silêncio. Lembrei-me, então, do laudo do exame cadavérico feito pelo finado Roberval. Havia um furo no pescoço do menino.

– Vocês levaram o menino para o valão e tiraram o sangue dele?

– Sim. Como chefe do grupamento, o subtenente Fraga foi quem conduziu aquele sacrifício. O menino ainda estava vivo, mas ele só nos olhava, sem dizer nada. Àquela hora, provavelmente ele já devia estar perdendo a consciência. Fraga pegou um tubo, que tinha uma ponta afiada, como se fosse uma agulha, e enfiou no pescoço do menino. Enquanto o sangue escorria para dentro de um cantil, o subtenente chamou Tihanare cinco vezes. Antes que ele falasse o nome do espírito pela última vez, o menino deu seu último suspiro.

– Meu Deus... Isso é insano...

– Nós tínhamos a missão de escolher uma criança e recolher o seu sangue.

– Para vocês beberem no ritual?

– Exatamente. Como eu disse, isso é abominável aos olhos do Deus de Israel.

Realizar rituais religiosos antes de operações policiais já era algo bizarro a meu ver. Mas usar sangue de crianças nessas cerimônias era algo que extrapolava qualquer limite.

– Você acha que o sangue que vocês bebiam nesses rituais era mesmo sangue humano? Sangue de criança?

– Sim, é claro que não é só sangue humano. O sangue de uma só criança não seria suficiente para que todos bebessem. Eles misturam com sangue animal. Mas, sim, tem sangue humano. Todos sabemos que temos que matar pelo menos uma criança e recolher seu sangue durante a operação.

– E esse sangue que era recolhido? Você tem certeza de que era mesmo utilizado nos rituais?

Lucas virou à direita e preparou-se para entrar em uma estrada escura. Eu sabia que devia ficar com medo de entrar naquela estrada com um homem que dava sinais de ser um perigoso fanático religioso. E que, além de tudo, era um assassino de crianças. Mas naquela hora eu estava muito envolvido com o relato para ter medo.

– Eu nunca participei da preparação do ritual. Então, não posso dizer que o sangue era colocado nos baldes que a gente bebia. Mas creio que sim. Afinal, nós recolhíamos o sangue das crianças e o entregávamos sempre a um dos oficiais do batalhão. Eram eles que guardavam o sangue.

– E vocês não podiam tirar o sangue de uma criança, mas deixá-la viver?

– Não. Tihanare exige um sacrifício. Temos que matar a criança e tirar seu sangue. A criança até pode ser dessangrada enquanto está viva, mas depois tem que morrer. O segundo passo do ritual é beber esse líquido vital.

Meu estômago já estava mais do que embrulhado.

– Você acha possível que o coronel Cesário tenha criado toda uma fantasia em cima desse ritual, para fazê-los acreditar naquilo? Talvez ele só quisesse que vocês acreditassem naquela história, para se tornarem mais destemidos.

– E fazer a gente matar crianças? – perguntou Lucas.

– Não tenho dúvidas de que esse coronel não é uma pessoa normal. Ele ficou extremamente afetado com a perda de seus homens no Dendê. Ele provavelmente está louco.

– Eu participei de vários desses rituais. Se você visse o que nós vimos, acreditaria que não é uma fantasia do coronel Cesário. Depois que todos nós bebemos o sangue do balde, o coronel invoca o Tihanare. O espírito aparece para a gente e entra em nossos corpos. Eu posso te garantir isso. A sensação é estranha no início, mas, depois, nos sentimos eufóricos e todos nossos medos e preocupações desaparecem. Nossos sentidos ficam mais apurados, mas perdemos o controle das nossas ações.

– É possível que o coronel Cesário e outros oficiais estejam misturando alguma substância química nesse suposto sangue que vocês bebem? Uma espécie de droga que os faça ficar eufóricos e destemidos?

– Já disse que não é uma droga. Eu nunca consumi drogas – Lucas disse, demonstrando impaciência.

– Sua descrição bate com os possíveis efeitos de uma droga. Você relata ter visões, sente euforia, percebe que seus sentidos estão mais apurados e perde o controle.

Lucas apenas balançou a cabeça negativamente, como se desistisse de argumentar comigo. Ele parou o carro no acostamento da estrada. Naquele momento, me apavorei. Abri a porta e me preparei para fugir. Se aquele lunático fosse me matar, a hora era aquela.

– Onde você tá indo? – Lucas me perguntou, enquanto olhava pelo retrovisor, ao perceber que eu pretendia fugir.

Não respondi, porque não sabia o que falar. Ele percebeu meu medo e emendou.

– Fica tranquilo. Não vou fazer nada com você. Só parei aqui porque queria conversar contigo olho no olho – disse Lucas.

Eu fechei a porta e ouvi o que ele tinha a dizer.

CAPÍTULO 12

CORONEL CESÁRIO

Quando cheguei à minha casa, a primeira coisa que fiz foi ligar para Fátima. Estava tudo bem com ela e com o Artur, que permaneciam na casa dos meus sogros.

Deitei-me na cama e conferi o celular. Eu conseguira gravar toda a conversa com o policial. Cabo Lucas havia tentado me convencer de que o ritual realmente envolvia a invocação de um espírito e que esse espírito entrava no corpo dos caveiras para possuí-los. Eu não estava disposto a acreditar em nada daquela fantasia absurda criada por uma mente religiosamente afetada, mas ele insistiu e contou por que Cesário tinha instaurado a cultura do ritual dentro do batalhão.

No tempo em que esteve afastado da Polícia Militar, Cesário, segundo contou o cabo, fez um curso de guerra na selva em um quartel do Exército na Amazônia. Ele ficou alguns meses no quartel, onde fez amizade com um jovem oficial de origem indígena, que também era aluno do treinamento militar.

Segundo Lucas, já quase no final do curso, os alunos tiveram que passar por um teste de sobrevivência por alguns dias na selva. O grupo de cinco militares, que incluía Cesário e seu amigo índio, foi largado no meio da floresta, próximo à fronteira com a Colômbia.

De acordo com a história que o cabo do Bope ouvira, tudo deu errado quando os militares se depararam com um laboratório de refino de cocaína no meio da mata. De início, Cesário achou que aquilo pudesse ser parte do treinamento militar, apesar de ter desconfiado que construir um laboratório cenográfico seria algo muito elaborado para os padrões do Exército Brasileiro.

Antes que Cesário tivesse certeza de que a situação era real, no entanto, ele e seus companheiros de treinamento foram cercados por vários homens armados até os dentes.

Eram narcotraficantes, que decidiram levar os militares em uma viagem de lancha de cinco horas para uma pequena aldeia e mantê-los como reféns dentro de uma casa de madeira.

Os cinco sabiam que o comando de seu quartel só notaria a ausência deles três dias depois, quando eles não aparecessem no ponto definido para encontrarem o helicóptero que os levaria de volta ao quartel após o treinamento.

Depois desse período, eles até imaginavam que o comando enviaria um grupo de busca, mas as chances de serem encontrados em uma remota aldeia no meio da Floresta Amazônica eram mínimas. E era grande a probabilidade de que eles estivessem dentro do território colombiano, onde o Exército Brasileiro não chegaria. A cada dia que passava, eles acreditavam que as chances de resgate diminuíam.

Os militares chegaram a ouvir um helicóptero sobrevoando a área uma semana depois de eles chegarem à aldeia, mas a aeronave estava apenas de passagem. Se era do Exército Brasileiro ou do colombiano, não havia como dizer. De qualquer forma, não era possível enviar pedidos de ajuda de dentro daquele barraco.

Depois de duas semanas, os militares resolveram tentar escapar durante a noite. Eles aproveitaram a distração de uma das sentinelas e a renderam, graças aos conhecimentos de um sargento do Exército que fazia parte do grupo sequestrado e que era mestre em krav maga, a arte marcial israelense.

De acordo com a história contada por Lucas, Cesário e os companheiros fugiram do barraco e chegaram a subir numa lancha voadeira que estava parada às margens do rio, mas interromperam sua fuga quando uma rajada de fuzil atingiu um tenente do Exército que os acompanhava. Enquanto o homem baleado agonizava dentro da embarcação, os outros quatro militares ergueram as mãos e se renderam.

A única arma que eles tinham conseguido tomar da sentinela dominada não seria páreo para vários traficantes de fuzil. Os quatro sobreviventes, então, foram levados de volta ao cativeiro. Ali eles tiveram suas mãos colocadas atrás de suas costas e atadas. Seus pés foram amarrados.

Naquela mesma noite, o índio ouviu os sequestradores conversando, em um espanhol pouco compreensível, e entendeu que os traficantes os matariam.

Os sequestradores diziam que não podiam deixá-los soltos. Eles conheciam a localização do laboratório e da aldeia que eles usavam como base. Mantê-los em cativeiro também não era uma opção viável e a tentativa de fuga daquele dia era prova disso.

Foi então que o índio contou aos companheiros sobre um antigo ritual de seu povo, que era feito sempre antes das batalhas. Os guerreiros de sua tribo invocavam o tal Tihanare, que era uma espécie de "espírito da guerra", para que eles se tornassem invencíveis naquela batalha.

O ritual envolvia sacrifício humano. Por isso, eles precisavam arranjar alguma vítima para oferecer ao espírito.

O índio disse que, se não fossem mortos naquela noite, eles teriam alguma chance no momento em que a sentinela fosse entregar sua comida. Eles poderiam rendê-la e matá-la. Tudo teria que ser rápido e o mais silencioso possível.

O sargento, que era mestre em krav maga, conseguiu passar as mãos atadas para a frente do corpo e ficou responsável por segurar o sequestrador. Cesário, que também conseguiu passar as mãos atadas para a frente, tirou a faca da cintura da sentinela e cortou o pescoço dela. Todos beberam o sangue que escorria do ferimento, enquanto o índio evocava o Tihanare.

Na versão que Lucas me contou, e imagino que ela mude de acordo com quem conta a história, duas sentinelas que guardavam o lado de fora do barraco ouviram as evocações e estranharam a demora do colega. Elas entraram no barraco para ver o que estava acontecendo, mas foram rapidamente rendidas. Depois de se livrar das cordas que amarravam seus pés e mãos, os militares conseguiram embarcar na voadeira e fugir da aldeia.

Dois dias depois, os quatro finalmente chegaram a uma cidade, já do lado brasileiro da fronteira, onde havia um pequeno quartel do Exército. O comando da força armada ocultou a história, com o aval dos quatro sobreviventes.

O sucesso da fuga, que se mostrava quase impossível, teria sido suficiente para fazer Cesário acreditar na eficácia do ritual do Tihanare.

Lucas disse não saber se a história era verídica ou não, mas era isso que tinha ouvido no Bope. Eu tinha certeza de que tudo não passava de fantasia.

Se Cesário e seus companheiros de treinamento realmente foram sequestrados no meio da selva, eles acabaram soltos por decisão dos próprios traficantes ou por algum acordo dos sequestradores com o Exército.

De qualquer forma, eu não tinha qualquer interesse naquela história, mas deixei que o cabo contasse tudo, sem interrompê-lo. Até porque eu ainda estava com um pé atrás, dentro daquele carro, acompanhado apenas por um policial infanticida, no acostamento de uma estrada pouco movimentada.

Lembrei-me de que Lucas ligou seu carro logo em seguida e, antes de pisar no acelerador, falou:

– Ainda não fiz meu pedido de transferência do batalhão. Logo depois da morte do menino no Caju, entrei de folga e depois apresentei um atestado médico. Todos acham que estou doente, com alguma infecção. Ninguém do Bope faz ideia de que desisti de participar daqueles rituais e de que vou pedir transferência – Lucas virou-se para trás e me encarou. – Eu vou te colocar lá dentro.

Ele queria me colocar dentro do batalhão para acompanhar e documentar um dos rituais. Segundo Lucas, era possível entrar e sair do quartel do Bope sem ser notado durante a cerimônia. Ele sabia como fazer isso e me colocaria lá dentro. Ele também conhecia um local onde eu poderia ficar escondido para filmar a cena.

A proposta era tentadora: documentar a existência de uma suposta seita dentro do Bope que fazia sacrifícios humanos. Mas isso envolvia um grande risco. Então, não soube o que responder de imediato. Fiquei apenas em silêncio, enquanto o cabo acelerava o carro e dava meia-volta, em direção à praça onde nos encontramos.

Na viagem de volta, fiquei refletindo e Lucas me ajudou, permanecendo calado. Meu interesse principal não era documentar o ritual de um comandante louco, mas sim denunciar a morte de Serginho e, possivelmente, de outras crianças por policiais do Batalhão de Operações Especiais da PM fluminense.

No entanto, se a morte de crianças tinha relação com o tal ritual, e tudo indicava que sim, então eu teria que investigar aquilo. O assassinato de meninos e meninas inocentes não podia ser dissociado daquela cerimônia insana que, segundo Jair e Lucas afiançaram, existia realmente dentro do quartel do Bope.

Mas eu precisava pensar. Teria que me expor a um risco grande.

Ainda deitado na cama, lembrei-me de que o carro parou na praça que ficava perto da minha casa e, antes de desembarcar, fiz mais uma pergunta a Lucas:

– Roberval, o legista do IML... Vocês têm alguma coisa a ver com a morte dele?

Lucas assentiu com a cabeça.

– A gente soube que tinha um repórter investigando a morte do menino. Soubemos que você tinha conversado com o legista responsável pela autópsia...

– Alice... – pensei em voz alta e me lembrei daquele rostinho sedutor, que tinha passado as informações para o Bope.

– Quando o coronel descobriu que tinha um repórter fuçando a história, depois da mãe do menino ter registrado a ocorrência, ele mandou que alguns dos nossos homens fizessem uma visita ao legista.

– Vocês o forçaram a mudar o laudo da autópsia e sumiram com o projétil... – palpitei.

– Eu não forcei nada, porque eu não participei dessa missão. Mas fiquei sabendo de tudo o que aconteceu. O coronel não podia arriscar que descobrissem a verdade sobre a morte das crianças. Isso provavelmente levaria à descoberta do ritual e à sua exoneração e prisão. Quatro policiais abordaram o legista no IML e o forçaram a mudar sua versão.

Lucas virou sua cabeça para trás e me encarou.

– Ele mudou o laudo depois de ameaçarem sua família, mas os policiais que foram ameaçá-lo sentiram que ele não estava nem um pouco confortável com a situação. Meus companheiros ficaram com medo dele abrir o bico. Eles esperaram que o legista saísse do IML e, então, o agarraram, colocaram dentro de um carro e o levaram até uma casa na Baixada Fluminense.

A "sutileza" dos caveiras nunca deixava de me surpreender.

– Ele ficou lá por algum tempo. Quando o coronel Cesário descobriu o que seus subordinados tinham feito, ele ficou meio puto. O objetivo era apenas mudar o laudo da perícia. Sequestrar um legista não estava nos seus planos – contou Lucas. – Depois de algum tempo, foi decidido o destino de Roberval: mataram o legista com dois tiros e jogaram o corpo no Aterro do Flamengo.

– A polícia disse que foi latrocínio.

– Eles não podiam levantar nenhuma suspeita em relação ao batalhão. Então fizeram um serviço bem-feito.

Os caveiras tinham mesmo matado o Roberval, como eu imaginara. Despedi-me de Lucas e ele me disse:

– Pense bem no meu convite. Eu vou entrar em contato.

Saí sem dar qualquer resposta para o convite de gravar o ritual. Entrar no Bope e fazer uma filmagem clandestina era perigoso demais. Não sabia se teria coragem, ainda mais depois de ouvir os relatos sobre as mortes do Serginho e do Roberval.

O cabo despediu-se de mim e disse que entraria em contato assim que soubesse que algum ritual havia sido programado. Eu precisaria estar preparado para chegar o mais rápido possível ao batalhão quando ele telefonasse.

E naquele momento, já deitado na cama, refletia sobre se aceitaria a oferta do cabo Lucas. Ainda com o celular nas mãos, acessei um site de buscas na internet.

Digitei "tirranare" e cliquei em pesquisar. Sem localizar a palavra buscada, o site mostrou resultados para "tihanare". Essa devia ser a forma correta da grafia.

O primeiro resultado da lista de sites encontrados era um artigo científico assinado por um antropólogo do Museu Nacional, da Universidade Federal do Rio de Janeiro (UFRJ). Era um texto sobre a mitologia dos daunari, índios pertencentes ao grupo aruaque, que viveram relativamente isolados na tríplice fronteira entre Brasil, Colômbia e Venezuela até a década de 1970.

No início da década de 1980, segundo o professor, todas as aldeias daunari tinham desaparecido. Ou os índios morreram ou migraram para as cidades, principalmente para a sede do município de São Gabriel da Cachoeira, no Amazonas. O pesquisador tinha convivido com os índios quando eles ainda viviam em suas comunidades originais e continuou estudando o povo por mais de trinta anos, mesmo depois que os daunari abandonaram seu modo de vida tradicional.

O artigo dizia que os daunari originalmente possuíam um sistema de crenças complexo. Eles não acreditavam em céu ou inferno, mas em um mundo dividido em cinco dimensões. A dimensão terrestre, onde vivem as pessoas, as plantas e os animais. A dimensão subterrânea, onde estão os corpos dos mortos. A dimensão dos espíritos, onde vivem as almas dos que morreram. A dimensão das forças da natureza, onde ficam a chuva, os trovões, os ventos etc. E, por último, a dimensão dos deuses, que são, ao mesmo tempo, benevolentes e maléficos.

Mas havia uma força que não pertencia a nenhuma daquelas dimensões: a Tihanare. Era uma força extremamente poderosa, que não se encaixava perfeitamente em nenhum daqueles mundos. Então, em vez de ficar restrita a uma das cinco dimensões daunari, a Tihanare vagava entre elas.

Havia um capítulo do artigo voltado exclusivamente para a Tihanare. Nele, o professor escrevia que essa era uma força sobrenatural difícil de explicar para uma pessoa acostumada com a mitologia judaico-cristã, porque ela não chegava a ser o espírito de uma pessoa ou um ser celestial. Era apenas uma força que os índios acreditavam ser formada pelo sofrimento, dor e sangue dos humanos mortos em rituais de sacrifício e em batalhas.

O artigo dizia que os daunari temiam a Tihanare porque ela tinha o poder de destruir o equilíbrio entre as cinco dimensões, acabar com as fronteiras que separam esses mundos e provocar o fim da sociedade daunari.

Por isso, de tempos em tempos, eles precisavam entrar em guerra com outras aldeias e matar seus inimigos para alimentar e apaziguar a Tihanare.

Mas, ao mesmo tempo que exigia que os daunari entrassem em guerra, a Tihanare também garantia a proteção de seus guerreiros, explicava o pesquisador do Museu Nacional. Bastava que, antes do combate, os guerreiros fizessem um ritual em que invocassem a força sobrenatural e oferecessem sacrifícios em sua honra. A preferência da Tihanare era por sangue humano, especialmente de crianças.

Era um círculo vicioso, que obrigava os daunari a entrar em guerra constantemente e praticar sacrifícios para se proteger nessas batalhas.

Isso explicava porque os daunari ganharam a fama, entre outras tribos, de ser um povo guerreiro e também de promover sacrifícios de crianças.

A mitologia daunari não tentava explicar como surgiu a Tihanare. Para esse povo, ela apenas existia e precisava ser alimentada de tempos em tempos.

Os daunari acreditavam que, apesar de não ser deus, diabo ou um espírito, a Tihanare se personificava quando lidava com os homens. E os daunari diziam que era uma face monstruosa e assustadora.

Segundo o professor, os daunari deixaram essas práticas de lado pouco antes de abandonarem seu estilo de vida tradicional. O último sacrifício humano registrado ocorreu no início da década de 1970, alguns anos depois de travarem os primeiros contatos com o "homem branco". As autoridades governamentais passaram a proibir o ritual e as guerras.

O artigo dizia que os daunari ainda tentaram manter o ritual usando sacrifícios animais, mas abandonaram completamente a prática, em seguida. Logo depois, eles começaram a deixar suas aldeias, devido a confrontos com traficantes de drogas da região e a doenças que passaram a ceifar as vidas daquele povo.

Para sua pesquisa, o professor havia entrevistado vários daunari que moravam na cidade de São Gabriel da Cachoeira. Poucos ainda acreditavam na mitologia de seu povo e na existência da Tihanare.

– O ser humano e suas mitologias – disse para mim mesmo, enquanto fechava o artigo na tela do celular.

Joguei o celular no criado-mudo. Apesar de a minha cabeça estar cheia de pensamentos e preocupações, peguei no sono facilmente.

**

Sonhei novamente com os caveiras naquela noite. Serginho, com os olhos fechados e um buraco de tiro na sua testa, estava deitado ao meu lado na cama. Dois homens vestidos com as fardas pretas do Bope e balaclavas nos observavam, ao pé da cama. Tentei mexer meu corpo, mas estava paralisado. Movia apenas a cabeça.

Eles se aproximaram do menino morto e enfiaram um tubo na garganta dele. Naquele momento, Serginho abriu os leitosos olhos sem vida e deu um grito horripilante.

Depois que os policiais repetiram "tihanare" cinco vezes, a cabeça do menino se virou na minha direção e aqueles olhos esbranquiçados me fitaram.

Da sua boca, veio um sussurro quase inaudível:

– Tihanare...

Naquele momento, a porta do banheiro do meu quarto rangeu, abrindo-se vagarosamente. Mesmo com medo do cadáver que estava ao meu lado, olhei na direção do novo barulho.

Quando a porta se abriu completamente, senti um arrepio que percorreu todo o meu corpo onírico e que provavelmente fez todos os pelos do meu corpo real se eriçarem.

Lá de dentro, outro caveira me encarava. Era o coronel Cesário. Usava a farda do Bope, mas seu rosto estava diferente. Havia algo estranho. Ele estava se transformando, era isso. Gradativamente, ele deixava de se parecer com um ser humano.

Seu rosto foi ficando vermelho. Sua pele começou a descamar, a cair no chão em grandes pedaços. Espinhos apareceram em seu pescoço. A parte de cima do crânio se derreteu, mostrando um órgão pulsante. Deveria ser um cérebro, mas pulsava como se fosse um coração. Naquele rosto, a boca uniu-se ao nariz, formando um único orifício, que abria e fechava no ritmo da pulsação daquele cérebro-coração.

E os olhos... Bem, não havia olhos. O que aquela versão horrenda de Cesário tinha eram apenas dois buracos, de onde começou a sair uma gosma amarelada, como se fosse pus.

Enquanto eu ainda lutava contra o mal-estar provocado por aquela visão, a coisa começou a andar na minha direção. Eu continuava paralisado, sem conseguir me levantar ou mexer qualquer parte do meu corpo além da minha cabeça.

O monstro-Cesário aproximou-se de mim, abaixou-se e ficou com aquele rosto nojento a poucos palmos da minha cara. Então, a imensa boca-nariz se abriu no formato de uma letra "o" e deu um grito desesperador, uma espécie de guincho animalesco ameaçador.

Só percebi que era um sonho quando levantei meu corpo do travesseiro e do colchão ensopados de suor. Olhei para o celular. Já era madrugada. Tinha dormido pouco mais de quatro horas. Voltei a me deitar, mas não consegui pegar no sono de novo. Não com aquele sonho vívido que havia tido.

Um barulho alto vindo do escritório, ao lado do meu quarto, me fez levantar num pulo. *Que droga é essa?!*

A porta do meu quarto estava apenas encostada. Antes de abri-la, acendi a luz, meio sem saber por quê. Abri a porta e andei sem fazer barulho até o escritório, que também estava com a porta encostada. Mais um barulho. Algo pesado havia caído no chão. Havia alguma coisa ali dentro. De novo.

Ainda com a lembrança daquela visão monstruosa do meu sonho, encostei na maçaneta da porta. Mas, enquanto ainda começava a abri-la, senti um forte vendaval que a empurrou de volta, ao mesmo tempo que um guincho ensurdecedor vindo de dentro do escritório era ouvido.

Podia ser apenas minha imaginação, mas era o mesmo som que ouvira no sonho. Ou pelo menos imaginava que fosse o mesmo guincho.

Soltei a maçaneta e corri de volta para o meu quarto, fechando a porta atrás de mim. Passei a chave e sentei-me na cama, tentando recuperar meu fôlego. *O que era aquilo? O que havia ali dentro da minha casa?*

Mais uma vez, alguém resolvera entrar no meu escritório e mexer nas minhas coisas. Fiquei em silêncio, esperando que, a qualquer momento, alguém arrombasse a porta do meu quarto. Na manhã anterior tinham invadido minha casa e fugido pela janela. Naquela ocasião também ouvira um grito. Agora eu me recordava, era o mesmo grito pavoroso.

Estou sob muito estresse. É isso...

Os barulhos cessaram. Depois de vinte minutos escondido no meu quarto, criei coragem para ver o que havia lá fora. Girei a chave e abri a porta. A porta do escritório estava escancarada, mas não havia ninguém ali. A janela estava aberta.

Chequei, com atenção, cada canto da casa. As portas estavam trancadas e não havia ninguém no apartamento. Voltei ao escritório. O invasor tinha feito uma bagunça, mais uma vez.

Pensei em ligar para a Fátima. Queria ouvir sua voz para me sentir menos sozinho naquele apartamento, mas era muito cedo. Não queria acordá-la nem deixá-la preocupada.

O topo da cabeça do Cesário se derreteu. E dentro havia... um órgão pulsante... um órgão pulsante. As imagens do sonho apareceram nítidas na minha mente. *Controle sua ansiedade. Controle sua ansiedade.*

Eu precisava me focar. Uma angústia tomou conta do meu peito. Estava tendo uma crise de ansiedade e precisava me controlar. Fui até a cozinha e abri uma cerveja. Isso era algo que não fazia há um bom tempo.

Aquela história de sacrifício humano e de espíritos indígenas me deixou impressionado. Não que acreditasse naquilo, mas estava sob uma carga grande de estresse. E, nesses momentos, minha ansiedade fica incontrolável.

A execução de uma criança pelo Bope, o meu envolvimento emocional com aquela história, a tentativa dos policiais de ocultar as provas, o assassinato do legista, a invasão da minha casa, o susto com o namorado da Alice e os depoimentos de Jair e Lucas. Tudo aquilo misturado estava me deixando louco.

Procure se controlar. Escreva essa maldita reportagem e, depois, esqueça isso tudo.

Pensar era mais fácil do que fazer. Não era tão simples assim. Eu tinha material e provas suficientes para escrever aquela história e denunciar os caveiras. Mas, como sabia e como o Jair havia reforçado, aqueles policiais eram perigosos.

Procure se acalmar... Respire fundo e pense em alguma coisa agradável.

Era inegável que eu estava sob estresse. E isso poderia explicar o sonho desagradável que havia tido. Isso poderia explicar minha crise de ansiedade. Mas não poderia explicar os fenômenos estranhos que aconteciam na minha casa.

Não podia continuar tentando me convencer de que aquelas bagunças feitas na minha casa, na manhã anterior e naquela madrugada, eram obras de policiais do Bope. Por Deus, eu morava no segundo andar de um prédio. Era possível entrar e sair pela janela, mas não era tão fácil assim.

Pensar que policiais assassinos tinham invadido minha casa não era uma ideia reconfortante, mas pelo menos era algo palpável e racionalmente explicável. Mas e aqueles gritos horríveis? E aquele vulto que provocou um vendaval dentro do quarto? E como alguém poderia entrar e sair tão rápido pela janela do segundo andar? Aquilo não era racionalmente explicável.

Fique calmo. E pare de pensar nisso.

Pensei no artigo do professor do Museu Nacional e na Tihanare, a tal força sobrenatural que vagava sem rumo pelos diversos mundos, buscando se alimentar de dor e sofrimento. Aquilo era muito doido. O ser humano era mesmo capaz de elaborar as teorias mais absurdas na tentativa de compreender aquilo que desconhecia, mas os daunari tinham se superado no quesito mitologia estapafúrdia.

Mais doido ainda era pensar que as mortes de dezenas de crianças nas favelas do Rio de Janeiro tinham sido provocadas pela crença doentia do comandante da tropa de elite da PM fluminense nessa mitologia maluca.

A Tihanare precisa de dor e sofrimento para se alimentar. E o sangue de crianças inocentes é seu prato favorito.

Terminei a primeira lata de cerveja e já peguei outra em seguida. *Pare de pensar nisso. É só um mito indígena. O professor escreveu que nem os índios acreditam mais nisso.*

Tihanare... Tihanare... Aquilo ficou ecoando na minha mente. *Mas o ritual salvou o coronel e os outros militares da morte certa nas mãos de narcotraficantes na selva...*

Um dos pontos negativos das minhas crises de ansiedade era que vozes ficavam martelando na minha mente e eu não conseguia afastá--las. A história da fuga do coronel Cesário provavelmente tinha sido inventada por alguém e cada policial que a ouvia a passava adiante de uma forma diferente. É assim que boatos são criados. É assim que mitos viram verdades.

Cesário provavelmente tinha lido ou ouvido falar naquele ritual de invocação da Tihanare em algum lugar e resolveu criar uma cerimônia semelhante. Talvez Cesário estivesse completamente louco, talvez estivesse apenas querendo encorajar a tropa com um "falso ritual da sorte", talvez acreditasse mesmo no ritual... *Talvez o ritual da Tihanare seja verdadeiro,* a voz apareceu novamente, para me deixar ainda mais angustiado.

O Serginho morreu. Outras crianças morreram. Jair tinha razão. Várias mortes em suposto confronto com o Bope tinham ocorrido. Várias outras registradas como balas perdidas provavelmente foram provocadas pelo batalhão. Aquele teria que ser meu foco. Não importava se o ritual realmente invocava uma força sobrenatural ou não. O que importava era que, se as crianças estavam morrendo para manter a existência de um ritual ou um pseudorritual numa instituição policial, aquilo precisava ter um fim.

Demorou algumas horas até que eu conseguisse dormir de novo. Já era quase manhã quando adormeci.

***

Acordei quase na hora do almoço. Liguei para a Fátima, ela não atendeu. Provavelmente estava em sala de aula. Mandei uma mensagem perguntando como ela e o Artur estavam. A resposta veio dez minutos depois. Os dois estavam bem.

Pensei em ligar para o Geraldo, para contar sobre os avanços que tinha conseguido com a minha reportagem nos últimos dias, mas desisti. Resolvi que esperaria o contato do cabo Lucas, para me levar para dentro do Bope, antes de falar qualquer coisa com o meu chefe.

Desci até o boteco da Lourdes, mas o cheiro da comida me enjoou. Eu não comeria meu arroz com feijão, ovo e filé naquele dia. Ainda tentava lidar com o pesadelo daquela madrugada e com as invasões à minha casa. Mais uma vez, um senso de irrealidade tomou conta de mim.

Controle sua ansiedade...

Isso não é só culpa da minha ansiedade...

As vozes brigavam dentro de mim.

Estou investigando policiais perigosos e coisas estranhas têm acontecido na minha casa...

Disse à dona Lourdes que não estava me sentindo bem e que talvez voltasse mais tarde. É claro que não voltei.

Tihanare... Essa palavra novamente voltou à minha mente, enquanto voltava para casa. *Certo, talvez eu não seja ateu. Talvez seja apenas um cético cuja crença na racionalidade ainda não tenha sido colocada à prova.*

Meus pais tinham sido pessoas de pouca fé. Eu nunca fora obrigado a frequentar qualquer igreja ou escola religiosa. Isso havia sido ótimo, tinha contribuído para que eu me tornasse uma pessoa sem qualquer preconceito ou intolerância à crença dos outros. Mas, ao mesmo tempo, tinha me tornado um adulto sem qualquer interesse em questões transcendentais.

Sempre achei que não existe Deus nem vida após a morte. Então, sempre me identifiquei como ateu. Mas acho que nunca me importei de verdade com isso. Talvez eu fosse apenas uma pessoa desinteressada nesses assuntos. Uma pessoa que nunca se sentiu obrigada a pensar sobre isso ou a escolher uma crença específica.

As coisas que aconteceram comigo nos últimos dias foram inexplicáveis. Já não acreditava que meu apartamento havia sido invadido por policiais. Eles não teriam produzido aquele vendaval ou aquele guincho assustador, nem desaparecido nas ruas tão rápido depois de pular do segundo andar de um prédio.

Mas também não queria acreditar que a explicação para aquilo era sobrenatural. Talvez eu tivesse ficado impressionado com os relatos do Jair e do Lucas e estivesse apenas imaginando coisas. Sinceramente, não sabia como explicar todo aquele estrago que havia sido causado no meu apartamento.

Voltei para casa e, enquanto abria a porta, recebi uma mensagem do cabo Lucas.

"Se prepara. Operação no Complexo da Maré na madrugada. Será grande", dizia o texto enviado pelo policial.

Eu sabia o que aquilo queria dizer. Pelo que meus dois contatos do Bope me contaram, Cesário sempre fazia um ritual antes da operação. Era o que Lucas queria me mostrar.

Mais tarde, ele me ligou e acertou os detalhes.

Telefonei para o Geraldo e disse que não iria para a redação naquele dia. Em seguida, liguei para Fátima e conversamos por quase uma hora.

Pedi que ela não fosse trabalhar e nem que levasse o Artur para a escola. Quase implorei para que ela não saísse da casa de seus pais.

Minha mulher ficou assustada. Ela queria saber se a família corria algum risco. Menti, dizendo que achava que não, mas que era melhor prevenir, porque policiais poderiam ser extremamente perigosos quando ameaçados.

Quando ela disse que não poderia faltar ao trabalho, pedi, então, que ela pelo menos não levasse o Artur para a escola e o deixasse na casa dos pais dela. Fátima concordou.

Quando desliguei, tentei tirar um cochilo até a madrugada.

CAPÍTULO 13

TIHANARE

Marquei de encontrar com o cabo Lucas no bairro de Laranjeiras. Eu me esconderia no porta-malas do carro do policial e, juntos, entraríamos no quartel do Bope. Quando todos estivessem reunidos para o ritual, ele me levaria até o local onde eu poderia filmar a ação.

Lucas chegou pontualmente às três horas da manhã daquela terça-feira na esquina das ruas das Laranjeiras e Alice. Ele sinalizou para que eu seguisse caminhando pela rua Alice, enquanto seu carro rodava devagar. Quando chegamos a um local escuro e deserto, ele abriu o porta-malas e, depois de alguma hesitação, entrei, como combinado.

Senti que minha ansiedade crescia e eu temia perder o controle. Não sabia se eu suportaria ir até o quartel, que ficava a uns três quilômetros dali, dentro do porta-malas. E depois ainda esperar ali dentro até que Lucas me tirasse do bagageiro.

Comecei a fazer uma contagem... Normalmente eu contava até 100 para controlar minha ansiedade. Mas sabia que, provavelmente, minha contagem excederia, em muito, esse número. *Controle-se... Controle-se...*

Tentei me controlar enquanto o carro seguia em direção ao quartel do Bope. No momento em que o veículo começou a fazer ziguezagues, eu soube que estava me aproximando da entrada do batalhão.

Eu já tinha estado no quartel anteriormente, por isso sabia que a estrada que nos leva até lá tem vários obstáculos. Para desviar deles, o carro precisa fazer ziguezagues.

Também sabia que, nessa mesma estrada, há um aviso de extremo mau gosto que diz: "Seja bem-vindo, visitante. Mas não faça movimentos bruscos". Com aquela frase, ninguém se sentiria bem-vindo.

Não fazer movimentos bruscos durante as operações do Bope nas favelas do Rio de Janeiro era uma regra, aliás, que os moradores dessas comunidades sabiam de cor. Quando os caveiras entravam nesses locais para prender alguém ou apreender drogas e armas, o melhor a se fazer era ficar bem quietinho dentro de casa.

E mesmo obedecer a essa regra não era mais garantia de sair ileso de uma dessas operações. Serginho e dezenas de outras crianças eram prova disso. A tropa comandada por Cesário se tornara uma máquina de matar.

O carro parou, provavelmente no portão de entrada. Pude ouvir alguém falando com Lucas, mas com o barulho do carro, não consegui entender o que conversavam. Depois de alguns segundos, voltamos a nos mover. Paramos poucos metros adiante.

O suor empapava minha roupa. Meu coração batia tão forte, que tive medo de que alguém percebesse minha presença ali só pelo som de sua pulsação. *Controle-se...*

A porta do carro foi aberta e, depois, fechada. Lucas já tinha saído. Ele deu duas batidas na lataria, como se quisesse se comunicar comigo. Não bati de volta porque não sabia se havia alguém com ele. Em seguida, silêncio.

Só me restava esperar. Lucas viria me buscar assim que fosse seguro eu sair sem ser notado. Continuei ali, suando e tentando não entrar em pânico, em silêncio, por muito tempo. Mentalmente, contei até sei lá quanto e foi só graças a essa contagem que consegui manter a ansiedade sob controle.

Então, ouvi passos e vozes se aproximando. Eram duas pessoas conversando. Pararam ao lado do carro e senti quando se apoiaram no porta-malas. Ouvi com mais atenção e tentei identificar se algum deles era o cabo Lucas. Não. Nenhum dos dois era o cabo.

O que eles estão fazendo aqui?

Meu coração acelerou. Minha cabeça latejava no compasso da pulsação. Parecia que coração e cabeça explodiriam a qualquer momento.

Eles falavam sobre amenidades. Um deles contou que estava saindo com duas meninas de uma comunidade da Zona Norte, enquanto o outro só fazia algumas intervenções esporádicas. Algum tempo depois, chegou uma terceira pessoa. A voz parecia ser de Lucas. Sim, era o cabo Lucas.

Ele se juntou à conversa. Um pensamento cruzou minha cabeça repentinamente: e se o cabo Lucas tivesse me levado até ali para me entregar aos seus colegas? E se eles decidissem me matar ali e sumir com o meu corpo? Não seria a primeira nem a última vez que os caveiras fariam aquilo.

Procurei me acalmar. Já estava trancado naquele bagageiro há, talvez, uma hora. Finalmente, um deles falou que era hora de se reunir no saguão. O ritual iria começar.

Ouvi as vozes ficando cada vez mais distantes. Inclusive a do Lucas.

Pouco tempo depois, ouvi passos de novo. O porta-malas foi aberto e vi o rosto do cabo. Nem tive tempo de pensar se aquela seria a hora da minha morte, Lucas me mandou sair dali rápido, enquanto olhava para os lados.

– Rápido. Já estão todos reunidos. Não temos muito tempo, o ritual vai começar.

Fiz o que ele mandou e segui-o pelo quartel. Aparentemente, não havia ninguém ali no pátio. Estavam todos dentro do prédio. Entramos por uma porta lateral, subimos uma escada e seguimos por alguns

corredores escuros. Lucas estava fardado, pronto para a operação...
E para o ritual.

Ao final de um longo corredor, havia uma escada que descia para
o saguão. Dali do alto eu conseguia ver todos os policiais perfilados.
Havia aproximadamente 100 homens ali. Lucas me pediu para que
eu ficasse quieto naquele lugar. Dali eu conseguiria acompanhar e
filmar o ritual, sem que ninguém notasse a minha presença, se eu
ficasse em silêncio.

Depois, Lucas voltou pelo corredor de onde a gente tinha vindo. Os caveiras, todos parados, como se fossem estátuas de terracota,
acompanharam a entrada do comandante. O coronel Cesário e o subcomandante, major Engler, entraram no saguão, acompanhados de
mais quatro oficiais. Provavelmente eram capitães, mas não conseguia
identificar suas patentes, porque estava um pouco distante deles. Esses
oficiais carregavam dois baldes cada um. Os baldes que supostamente
continham sangue.

Eles se posicionaram em frente à tropa. Em silêncio, todos esperaram que o coronel Cesário começasse a falar. Discretamente iniciei a
gravação, com a minha pequena câmera digital.

– Caveiras, a batalha de hoje será na comunidade da Maré. Todos
sabemos que, apesar do terreno não ser tão complicado, os marginais
de lá são bem armados – começou o comandante. – Duas facções ri-
vais estão lutando pelo controle do território, e essa guerra já chegou
até os ouvidos de toda a imprensa. As redes de televisão estão cobrando ações do governador.

Era sempre assim. As disputas pelo controle dos pontos de vendas
de drogas nas favelas do Rio podiam se estender por dias ou semanas
sem que ninguém ligasse. Mas bastava que a imprensa começasse a
noticiar a "guerra na comunidade" para que o governador exigisse
providências do secretário de Segurança. O secretário, então, cobrava
do comando da PM. Em geral, o serviço sobrava para a sua unidade
de elite, o Bope.

Percebi que o cabo Lucas acabava de se juntar à tropa, na última fileira.

– É nesta hora que os bravos são separados dos fracos. Vamos entrar lá e acabar com essa bagunça.

Todos os homens deram um grito indecifrável em resposta. Na verdade, urraram.

– Somos a melhor tropa de guerra urbana do mundo! Todo marginal treme quando a gente se aproxima... Com a ajuda do espírito da guerra, com a ajuda de Tiharane, nós nos tornamos melhores ainda. Nós nos tornamos imbatíveis!

Quando ouvi aquele nome, Tihanare, senti um frio na espinha. Então era verdade, o comandante invocava uma suposta entidade sobrenatural para convencer os homens de que eles eram invencíveis. Conferi minha câmera. Estava gravando tudo.

– Uh... Uh... Uh... – os homens urraram, como se fossem macacos descontrolados.

Os oficiais começaram a distribuir os baldes e todos voltaram a ficar em silêncio. Os oito baldes foram divididos entre os diversos homens e passaram de mão em mão, de boca em boca. Não era possível ver a cor do líquido. Mas eu poderia apostar que era vermelho. Era provavelmente sangue de animais misturado com vinho e substâncias alucinógenas. Na minha visão, era o que fazia os homens ficarem eufóricos. *Não quero acreditar que eles bebam sangue humano, sangue de crianças!*

Quando o balde chegou à última fileira, notei que Lucas aproximou o balde da boca, mas não encostou nele, nem bebeu o sangue. *Será que os outros perceberam como eu percebi?*

Quando todos terminaram de beber o conteúdo dos baldes, o major Engler começou a gritar.

– Homem de preto! O que é que você faz? – berrou o major.

– Eu faço coisas que assustam Satanás! – berrou de volta, em uníssono, a tropa perfilada.

– Homem de preto! Qual é sua missão? – perguntou, em um brado, o major.

– Entrar pela favela e deixar corpo no chão! – responderam os homens.

Aquilo me arrepiou. Aquela era a tropa de elite da PM fluminense. Era nas mãos dela que deixávamos a execução das tarefas mais difíceis da segurança pública. Eram máquinas de matar.

O comandante Cesário então retomou a palavra.

– É a Tihanare, nosso espírito da guerra, nosso protetor na missão de garantir a segurança dos nossos cidadãos, que dedicamos esse sangue. Bebemos esse sangue para conseguir derramar o sangue dos nossos inimigos e evitar que o sangue de mais pessoas inocentes seja espalhado pelo nosso Rio de Janeiro.

Sangue de que inocentes vocês querem proteger, seus lunáticos? Das crianças que vocês assassinaram?

– A Tihanare! – todos gritaram.

Lucas movimentou a boca, mas tenho minhas dúvidas se ele realmente gritou aquele nome. Como qualquer cristão, o cabo se pelava de medo de ir para o inferno. Ele estava ali apenas para que eu pudesse entrar no quartel e gravar aquele ritual absurdo. Na certa, encarava aquilo como uma missão divina.

Minha câmera continuava gravando.

Foi então que tudo começou a ficar estranho. Um cheiro acre se espalhou pelo ar, que ficou quase irrespirável. Olhei para o coronel Cesário. O comandante estava com os braços erguidos para o alto, como se fosse um fanático pastor evangélico.

– Tihanare! Proteja esta tropa!

Ele colocou as mãos sobre o rosto. Gritou "tihanare" de novo e, quando retirou as mãos, eu não pude acreditar. Juro por Deus que, até agora, nesse momento em que escrevo este relato, aquela visão me provoca ânsia de vômito.

O rosto de Cesário estava exatamente como eu vira nos meus sonhos. Uma face vermelha, sem pele. Os espinhos no pescoço. O topo do crânio derretido, com aquele cérebro-coração pulsando de forma repugnante. Aquele rosto cuja boca se unia ao nariz e de cujos olhos saía uma substância gosmenta.

Deve ser o ar. Eles espalharam algum gás alucinógeno. E estou tendo uma alucinação.

Esfreguei meus olhos e tornei a olhar. Cesário continuava com aquele rosto monstruoso. Seu corpo era humano, mas o rosto era horrível. Se aquilo era uma alucinação, como eu poderia ter sonhado com aquela mesma imagem na noite anterior? Exatamente a mesma imagem? *Provavelmente Lucas havia feito uma descrição e aquilo ficou na minha mente!*

Não, Lucas não tinha descrito a aparência monstruosa de Cesário. Eu tinha certeza daquilo. *Controle-se. Controle-se.*

Senti uma mão no meu ombro e soltei um grito. Era o Lucas. Ele colocou o dedo indicador sobre a boca, pedindo silêncio, mas já era tarde. Todos nos olharam.

Lucas me puxou e saímos correndo por aquele corredor. Estávamos num andar superior. Logo, tínhamos certa vantagem. O problema era que estávamos fugindo de uma tropa altamente treinada. Viramos à direita e entramos numa sala, que ele trancou imediatamente. Ouvimos as botas correndo lá fora. Lucas estava impaciente. Parecia não saber o que fazer.

– Porra, Ivo! Você chamou a atenção de todo mundo! Estamos ferrados!

Eu não sabia o que dizer. Um número cada vez maior de botas pisava forte contra o chão do lado de fora.

Sem saber onde estávamos, eles começaram a abrir todas as portas das salas naquele corredor. Eles não abriam de forma sutil. Como eu disse, sutileza não combinava com o Bope. Eles estavam chutando as portas. Era possível saber pelo barulho que ouvíamos do coturno atingindo a madeira e a porta se chocando contra a parede.

– A janela! Rápido! Temos que pular a janela – o cabo Lucas falou.

Lembrei-me da janela aberta depois das estranhas invasões ao meu apartamento. *Não era possível que alguém pulasse do segundo andar e desaparecesse tão rápido na rua!*

– Rápido, cacete! Temos poucos segundos – repetiu o cabo, diante da minha indecisão.

Olhei para baixo e hesitei.

– O que você tá esperando?

Ouvimos uma pancada na porta. Era mesmo questão de segundos até que os caveiras arrombassem a porta e nos encurralassem ali naquela sala.

Lucas não pensou duas vezes. Ele foi o primeiro a pular. A altura era de mais ou menos quatro metros. Mesmo assim, ele não pareceu ter nenhum problema em aterrissar. Ele caiu no chão com as pernas moles e imediatamente rolou para o lado. Rapidamente, já estava de pé, sinalizando para que eu também pulasse.

Mais uma pancada na porta. Eu precisava pular. Subi no parapeito e me preparei para o pulo, no momento em que ouvia mais uma pancada. Sem muito jeito, me joguei lá embaixo. Quando pisei no chão, senti o impacto no meu joelho. A dor foi intensa.

Lucas me agarrou e me arrastou para dentro da mata que margeava o quartel. Eu me segurava para não gritar de dor. Escondidos pela escuridão da mata, vimos quando dois policiais apareceram na janela de onde havíamos acabado de saltar. Eles nos procuravam.

– Ivo, você consegue correr? – Lucas perguntou, num sussurro.

Eu respondi que não com a cabeça.

– Eu mal... consigo... me mover... – respondi, em meio à dor.

– Escuta, eles já sabem que pulamos a janela e estamos aqui no meio da mata. Em menos de um minuto, isso vai estar tomado por policiais. Todos especializados em buscas pela mata...

– E... o que... vamos... fazer?

Lucas me ergueu e colocou meu corpo sobre suas costas.

– Segura no meu pescoço. Aqui do lado tem uma favela. Tem uma ex-namorada minha que mora lá... Ela pode nos esconder na casa dela... – respondeu Lucas, enquanto corria, com surpreendente desenvoltura, pela mata, apesar de me carregar nas costas.

Quando estávamos próximos à favela, ouvimos os sons dos policiais entrando na mata. Eles gritavam ordens uns para os outros.

– A casa é perto daqui. Nós vamos conseguir...

Lucas saiu da mata, ainda me carregando nas costas, e entrou na favela.

Eu olhei para trás e vi as lanternas cortando a escuridão entre as árvores. *A gente não vai conseguir.*

As vielas da favela de Tavares Bastos estavam vazias. Algumas lâmpadas acesas pendiam de beirais das casas humildes e iluminavam fracamente a comunidade.

– Segura firme, Ivo. – Ele continuou correndo pelas ruas, sem parecer dar sinais de cansaço. – Eles estão possuídos pela Tihanare, mas quem me acompanha é muito maior e muito mais poderoso.

Eu esperava que seu Deus fosse mesmo maior e mais poderoso, para nos livrar de uma centena de caveiras.

Viramos uma esquina e Lucas parou na terceira casa. Ele bateu à porta e esperou. Ninguém atendeu e ele bateu novamente, dessa vez com mais força.

– Wal, abre a porta! Waleska! – gritou o policial, esmurrando mais uma vez a porta.

Uma morena linda, mas com cara de sono, atendeu a porta.

– O que você tá fazendo aqui essa hora? – ela perguntou, apontando para mim em seguida. – E quem é esse cara?

– Te conto já. Agora deixa a gente entrar – Lucas respondeu, empurrando a jovem e, depois, me colocando sentado no sofá. – Você me ferrou, Ivo! Você me ferrou! Agora eles sabem que eu tô te ajudando!

Lucas tinha me salvado, mas estava puto com a situação.

– O que você queria? Eu tava lá escondido e de repente uma mão tocou meu ombro! – respondi, também demonstrando irritação.

– Era hora de ir embora. O ritual estava terminando e a gente precisava sair de lá. Eu não fazia ideia de que você era um cagão...

– Lucas, quem é esse cara? – intrometeu-se a mulher.

– É uma longa história, Wal. Ele é um jornalista que eu tô ajudando. Por enquanto, é tudo o que você precisa saber. Só preciso ficar aqui por um tempo.

– Prazer, Ivo – eu disse, dando um aceno tímido para nossa anfitriã.

A dor no joelho ainda me incomodava bastante, mas só de saber que tinha conseguido fugir de uma centena de policiais assassinos, a dor ficava em segundo plano.

– Você tá fugindo de alguém? – perguntou a mulher ao policial, ignorando completamente a minha apresentação.

– Wal, para o seu bem, é melhor não saber de nada. E fica quieta. Eles podem estar lá fora nesse momento e vão nos escutar conversando.

Foi só Lucas falar, que ouvimos o som de coturnos correndo do lado de fora da casa. O cabo colocou o indicador na frente da boca.

– Quem são eles? – a jovem perguntou num sussurro, para seu ex-namorado.

Algum tempo depois, ouvimos os coturnos fazendo o caminho inverso.

– Wal, pode pegar um saco com gelo, por favor – pediu Lucas, em um sussurro.

– Só se você me contar no que está me envolvendo – respondeu a mulher.

– Por favor, Waleska. O Ivo está com o joelho machucado. Outro dia eu te conto, agora preciso da tua ajuda.

Waleska bufou e saiu da sala em direção à cozinha.

– Não fale nada pra ela, Ivo – pediu-me Lucas. – Eles vão voltar pro batalhão. Não vão cancelar a operação por sua causa. Talvez deixem alguns policiais nos procurando, mas em uma ou duas horas, até mesmo esses policiais vão parar de procurar. A gente dá um tempo aqui e sai daqui a pouco.

A mulher voltou com o gelo e eu mesmo coloquei-o sobre o joelho inchado. Lucas, que ainda estava fardado, pediu uma roupa masculina emprestada para Waleska. Ele sabia que a ex-namorada morava com o pai naquela casa. Ela levou-o até o quarto.

O policial voltou algum tempo depois vestindo uma roupa de civil e um boné. Ele me jogou outro boné.

– Quando formos sair, bota esse boné. Enquanto isso, vamos esperar. A gente espera até amanhecer e se mistura com o pessoal da favela que estiver indo pro trabalho.

Lucas estava nervoso. Era possível perceber pelo seu semblante. Quanto a mim, estava apavorado, apesar de ter conseguido escapar, de forma espetacular, do batalhão. Aquilo tinha sido por pouco. E eu ainda não estava seguro. Precisava primeiro escapar daquela favela que ficava ao lado do quartel do Bope.

CAPÍTULO 14

A FUGA

Conseguimos escapar da favela Tavares Bastos algum tempo depois da nossa fuga do batalhão. Já eram sete horas da manhã. Lucas e eu descemos separados. Meu joelho estava inchado como uma bola de futebol. Provavelmente precisaria operá-lo. Desci com muita dificuldade, escorando-me pelas paredes das vielas, até que cheguei à rua e peguei um táxi para casa.

Fiquei pensando no que Lucas faria a partir daquele momento. Seus companheiros haviam descoberto que ele me ajudara a gravar o ritual. Não daria mais para se esconder. Ele teria que pedir transferência para outra unidade imediatamente. Talvez nem isso fosse suficiente. Lembrei-me do que ocorreu com o legista Roberval.

Ele é um caveira. Ele saberá se virar, pensei, tentando afastar um nascente sentimento de culpa, antes que ele se implantasse dentro de mim. *Além do mais, ele é um assassino de criança, não posso me esquecer disso.*

Meu pensamento se desviou de Lucas quando, ainda dentro do táxi, recebi uma mensagem no meu celular. Vinha de um número desconhecido.

"Eu sei que você esteve no batalhão", dizia o texto.

Mal terminei de ler aquela frase, uma nova mensagem chegou no aparelho.

"Homem de preto, o que é que você faz?"

Eles fazem coisas que assustam Satanás, eu completei mentalmente, de forma inconsciente, com o coração disparado. Eles sabiam que eu estivera no quartel e presenciara seu ritual secreto.

Eu sabia o que aquelas mensagens significavam. Eles estavam me ameaçando. Eu não estava mais seguro. Precisava me esconder, sair da cidade.

– Motorista, segue para o Colégio Saber – pedi, pouco antes de entrar na minha rua.

A escola em que Fátima lecionava e Artur estudava era próxima da nossa casa. O taxista me perguntou a rua e seguiu para o novo destino. Liguei para Fátima e torci para que ela atendesse.

Também torcia para que ela tivesse levado o Artur para a escola naquele dia, mesmo eu tendo-a orientado do contrário.

Se o Artur estivesse ali, isso facilitaria bastante a nossa fuga, poderíamos sair da cidade mais rápido. E nós tínhamos que sair da cidade, tínhamos que fugir. A situação tinha ficado extremamente perigosa.

O primeiro alerta fora a invasão do meu apartamento, que provavelmente tinha sido obra dos caveiras, apesar de continuar sem explicação. Mas até ali havia apenas a sugestão de que minha família estava em risco.

Agora eu tinha recebido uma mensagem com teor ameaçador, ainda que de forma indireta. Eu não passaria nem mais um dia na cidade.

Fátima não atendeu à primeira ligação e nem às minhas outras cinco tentativas. Era previsível, porque professores do colégio não podiam atender a ligações durante as aulas. Eles eram orientados a fornecer o telefone da secretaria da escola para as pessoas que precisassem entrar em contato em alguma emergência. Só que eu nunca tinha precisado ligar para aquele número, por isso não me lembrava dele. Tampouco havia gravado no meu celular. *Maldita regra da escola! Maldita preguiça de gravar uma porcaria de número!*

Eu sabia, no entanto, que Fátima lia mensagens, apesar de isso também ser contra as regras.

Mandei uma mensagem ao mesmo tempo que o táxi chegava à escola. Antes de saltar, porém, reparei que havia dois homens parados na calçada do outro lado da rua, olhando para a portaria. Eram caveiras. Eu não tinha dúvida nenhuma quanto àquilo. Tentei esconder meu rosto e, em vez de sair do carro, pedi que o taxista me fizesse um favor.

Ele saiu do carro e foi até a portaria da escola enquanto eu mantinha meus olhos grudados nos homens que estavam de tocaia. Quando o taxista voltou, estava acompanhado do seu João, um porteiro bem antigo que me conhecia.

Ele até que tentou me cumprimentar, mas afobado do jeito que estava, esqueci-me da educação e não o cumprimentei de volta. Eu disse que precisava falar urgentemente com a Fátima. Perguntei se a escola tinha saída para outra rua.

Segundo seu João, na rua de trás, havia um portão de serviço, que normalmente ficava trancado. Pedi-lhe, então, que ele passasse um recado para a minha mulher: ela deveria me encontrar naquele outro portão assim que possível.

Não lhe expliquei o motivo, mas disse que a recomendação era muito importante e urgente.

Aproveitei para perguntar se a Fátima tinha levado o Artur. Seu João saberia dizer, porque, apesar do colégio ter mais de 500 alunos, ele conhecia cada um pelo nome. Mas, para o meu desespero, meu filho não tinha ido à escola. *Merda!*

Enquanto seu João voltava à portaria da escola, olhei discretamente para os caveiras, eles estavam tentando identificar quem estava dentro do táxi.

– Vamos embora! Temos que ir pra outra rua – disse ao taxista, orientando-o a dar uma pequena volta, para despistar os caveiras, caso eles tivessem me reconhecido.

Quando cheguei ao portão dos fundos, ele ainda estava trancado. Fiquei esperando Fátima e pensando nas possibilidades para fugir daquela situação. O que faríamos? Para onde iríamos? Mudar para o exterior era a opção mais segura.

Eu tinha um plano. Tiraria Fátima e Artur do Rio de Janeiro por um tempo. Eu ainda ficaria no Rio para acertar as coisas e pensar numa forma de desaparecer de vez. Depois, poderíamos nos reencontrar e fugir do país.

Mas até para mim seria perigoso permanecer na cidade. Eu teria que passar em casa, era fato. Tinha que pegar nossos passaportes, algum dinheiro e algumas roupas. Depois, teria que sacar todo o dinheiro da minha conta para empreender a fuga e ajudar a nos restabelecer em um novo lugar.

Eu não poderia, no entanto, ficar no meu próprio apartamento. Aquele seria o primeiro lugar onde os caveiras me procurariam. Lembrei-me da minha casa de campo, no interior do estado. Fica em Nova Friburgo, a cerca de 150 quilômetros da capital.

É uma pequena chácara que tinha "herdado" dos meus pais depois que os dois morreram em um acidente de carro quatro anos atrás. Havia muito tempo que eu não visitava a casa, mas não pensara em vendê-la. Ela apenas ficava lá, sem uso.

De vez em quando, contratava uma pessoa para tirar o mato do terreno e limpar a poeira dentro da casa. Mas nem me lembrava de quando havia feito aquilo pela última vez. Teria sido há mais de um ano? Provavelmente.

A verdade é que eu me esquecera da existência daquela casa. Aquele seria um bom lugar para me esconder temporariamente, porque ninguém além de Fátima e dos meus sogros sabia que eu possuía aquela pequena chácara.

Quando meus pais morreram, não tinha me preocupado em fazer um inventário de seus bens, porque, na verdade, eles não possuíam nada em seus nomes.

A casa nunca fora oficialmente dos meus pais, estava registrada em nome de uma falecida tia solteira da minha mãe.

Minha mãe, como única herdeira da minha tia-avó, tinha ficado com a casa para ela, mas nunca buscara regularizar a situação do imóvel.

Como a casa não estava no meu nome, não precisava informar sua existência para a Receita Federal ou para qualquer órgão governamental. Eu duvidava que os caveiras conseguissem me encontrar ali. Finalmente, ouvi o trinco do portão da escola sendo aberto. Fátima agradeceu ao inspetor que a acompanhava e saiu. Ela se espantou na hora em que olhou para o meu rosto. Não havia nenhum espelho onde eu poderia ver o meu reflexo, mas, pelo susto de Fátima, eu estava péssimo.

E ela se assustou ainda mais quando olhou para o resto do meu corpo. Eu ainda não tinha percebido àquela altura, mas tanto minha camisa quanto minha calça jeans estavam sujas de terra e rasgadas. Meus braços estavam arranhados. E meu joelho denunciava seu inchaço mesmo dentro da calça.

– Ivo, o que aconteceu? – Fátima perguntou.

Ela aproximou-se de mim e colocou as mãos no meu rosto.

– Fátima... – eu disse em um tom de voz normal, mas, ao me lembrar que o inspetor da escola ainda estava ali, ao nosso lado, sussurrei para minha mulher: – Nós precisamos sair daqui. E rápido.

– O que está acontecendo, Ivo? São aqueles policiais? – minha esposa sussurrou de volta.

– O Artur está na casa dos seus pais?

Fátima assentiu com a cabeça.

– Temos que ir... É sério...

– Mas eu tô no meio de uma aula.

– Inventa uma desculpa pra diretora, sei lá. Mas precisamos sair imediatamente.

Ela concordou e, sem dizer nada, voltou para a escola. Enquanto ela estava lá dentro pegando suas coisas na sala de aula e procurando a diretora, acessei um aplicativo de compra de passagens aéreas no celular.

Havia um voo no início da tarde, direto para a cidade onde pretendia esconder Fátima, saindo do Aeroporto Internacional do Galeão. Antes mesmo de propor a ideia para a minha mulher, comprei dois tíquetes só de ida e já fiz *check-in*.

Fátima voltou dez minutos depois.

– Temos que sair rápido, Fátima.

– Ivo, você está me assustando de verdade. Com o que estamos lidando?

– No carro, eu te explico... Mas acho que tem alguém me seguindo. Eu vi dois homens, que com certeza são policiais, parados em frente à escola.

Fátima tremia de medo. Eu odiava vê-la daquele jeito e, por isso, tinha relutado antes em contar a verdadeira história para ela.

– Mas... o carro... – ela disse gaguejando. – Ele está... lá... lá na rua...

– Esquece o carro, por enquanto. Temos que pegar o Artur e sair da cidade o mais rápido possível.

Ela concordou, ainda tremendo, e entramos no táxi, que me aguardava.

Olhei para Fátima e vi que ela estava chorando. E a culpa era minha. A culpa era toda minha. Sabia dos riscos quando resolvi denunciar o assassinato de uma criança pelo Bope. Sabia que existia uma grande possibilidade de irritar aqueles policiais.

E policiais são o pior tipo de inimigo que qualquer pessoa pode ter. Eles são organizados, não têm receio de matar e conseguem ter acesso fácil a todos os seus dados, inclusive endereço.

Eles já sabiam onde a gente morava e onde Fátima dava aulas. Tinham a placa do nosso carro. E, sem qualquer sombra de dúvida, conheciam o endereço dos pais de Fátima.

Era bem provável que estivessem de tocaia em frente ao condomínio dos meus sogros, na Barra da Tijuca.

Enquanto o táxi se dirigia à Barra, fui contando tudo o que tinha acontecido para Fátima, sussurrando em seu ouvido, para que o taxista não ouvisse. Omiti apenas a parte do ritual, porque minha mulher era religiosa e, se eu dissesse que os policiais estavam sendo possuídos por uma força sobrenatural, ela surtaria de vez.

Contei sobre a morte do menino, as provas que apontavam para o Bope, o sumiço dessas provas, as invasões ao nosso apartamento, as conversas com o sargento Jair e com o cabo Lucas e, por fim, a ameaça recebida pelo celular.

Disse para ela que o Bope tentaria evitar, a qualquer custo, que aquela história fosse publicada. Eu tinha provas, tinha testemunhas, tinha gravações.

Não menti para Fátima. Estávamos correndo um grande risco. Aquelas pessoas não tinham qualquer escrúpulo. Eles não pensariam duas vezes antes de fazer maldades comigo e com a minha família. Era por isso que eu estava tão nervoso.

Ela começou a soluçar de tanto chorar.

– Fátima, calma. Vai dar tudo certo. Já comprei duas passagens pra vocês saírem da cidade.

Contei meus planos para ela, mas Fátima não respondeu. Ela só chorava.

O taxista nos olhou pelo retrovisor. Ignorei o enxerido e continuei a falar sobre o que pretendia fazer.

– Eu tenho minhas economias. A gente vai sair do país. Enquanto eu resolvo tudo aqui, você fica escondida temporariamente em outra cidade.

O rosto da minha mulher estava ficando vermelho e inchado.

Quando chegamos ao condomínio, ela não chorava mais. Estava apenas olhando a rua, pela janela do carro, sem dizer uma palavra. Parecia estar em choque.

O táxi entrou no condomínio. Olhei para a rua e não consegui identificar ninguém que se parecesse com um policial militar de tocaia. Mas tinha certeza de que havia alguém por ali.

Dispensamos o táxi e andamos até o elevador. Ainda sentia muita dor no joelho. Assim que concluísse minha fuga, procuraria um médico.

Fátima ligou para o celular da mãe enquanto subíamos pelo elevador.

Depois de um alô, o rosto de Fátima se transformou e ela começou a gritar.

– Mãe! Mãe! O que aconteceu?

Meu coração pareceu ter parado por uns dez segundos.

– Fátima, o que houve? – perguntei.

O elevador chegou ao décimo quinto andar, onde os meus sogros moravam.

– E vocês estão bem? – Fátima ouviu o que a mãe tinha a dizer e perguntou: – Onde vocês estão agora?

A porta se abriu, mas Fátima não saiu do elevador. Ela apertou o botão do segundo andar do prédio, com um dedo trêmulo.

– Fátima, o que aconteceu? – tentei de novo.

Sem responder, ela continuou conversando pelo telefone.

– O que fizeram com ele? – ela perguntou para a mãe. – Tá bom. Já estou indo praí.

Ela desligou o telefone e ficou olhando para a porta do elevador. Perguntei mais duas vezes o que aconteceu, sem que ela me respondesse.

Algo tinha acontecido com seus pais e o Artur. Era isso. Fátima não precisava me dizer, era fácil deduzir.

Ela não respondia porque estava furiosa. Furiosa por eu ter me envolvido naquela história, por ter mexido com pessoas perigosas, por ter colocado em risco a vida do nosso filho.

Ela tremia de nervoso, mas também de raiva. O medo de que algo nos acontecesse se somara a uma fúria contra mim.

Eu não tremia como ela, mas sentia uma angústia crescente no peito. Estava tendo uma crise de ansiedade e, naquela hora, mais do que nunca, precisava me controlar para tirar minha família da cidade com segurança.

O elevador já estava chegando ao segundo andar.

– Fátima... Me perdoa...

– Não fale comigo! Não me dirija a palavra, seu egoísta. Você não pensou que poderia colocar a gente em risco? Você não pensou no nosso filho?

– Fátima...

– Não quero ouvir sua voz, seu... seu... – ela quase não conseguia falar, tamanho era seu nervosismo. – Pra você é mais importante fazer uma matéria? É mais importante publicar um furo jornalístico? É mais importante do que seu filho?

Tentei responder, mas ela me interrompeu:

– Pra quê? Pra ganhar mais um premiozinho de merda? Pra inflar teu ego?

A porta do elevador se abriu. Ela correu até a porta do apartamento 204, tocou a campainha e esperou. Quem abriu foi uma senhora que eu não conhecia. Minha sogra, dona Maria, estava sentada no sofá, com o Artur no colo.

Fátima correu até lá, pegou o Artur e o abraçou com força. Eu tentei me aproximar, mas ela me olhou como uma leoa enfurecida. Eu não era bem-vindo naquele abraço familiar.

– Como está o papai? – Fátima finalmente perguntou.

– Não sei, não sei. O doutor Virgílio... Sabe aquele médico que é nosso vizinho?

Fátima fez que sim com a cabeça.

– Ele levou o Osmar pro hospital. Ainda não consegui falar com ele.

– O que houve, dona Maria? – eu perguntei.

– Osmar tava em casa sozinho. Eu tinha descido com o Artur pro parquinho. Uns homens... uns homens...

Ela começou a chorar e não conseguiu continuar a história. E nem precisava. Eu já imaginava o que tinha acontecido. Os policiais haviam invadido a casa deles.

– Eles bateram no seu Osmar?

Ela fez que não com a cabeça.

– O que aconteceu? – perguntei.

Fátima tinha saído de perto da gente, provavelmente para não voar no meu pescoço e me esganar. Ela continuava abraçando Artur com força, olhando para a janela.

– Eles queriam o Artur... Eles queriam pegar o Artur... – disse dona Maria.

Senti a angústia aumentar. Eu era o grande culpado por aquilo.

– O Osmar não falou onde a gente tava. Mas os homens colocaram a arma no peito dele... Ele mentiu. Falou que o Artur tinha ido pra escola. Eles sabiam que o Osmar tava mentindo... – contou dona Maria. – O pobre do Osmar começou a sentir umas dores no peito. Depois disso, acho que eles foram embora. Ele ainda teve tempo de ligar pra mim e avisar pra eu não voltar pra casa. Falou pra eu me esconder em algum lugar com o Artur. Corri com ele pro banheiro do salão de festas e nos trancamos lá, Ivo. Depois de uma hora, subimos pra cá. O Osmar também conseguiu tocar a campainha do doutor Virgílio que, pela graça de Deus, estava em casa e pôde socorrê-lo. Quem me contou foi a Neise, mulher do doutor Virgílio.

Olhei para Fátima e ela continuava observando a paisagem pela janela.

– Eu tive medo... Eu tive medo... Quem são essas pessoas? Por que elas querem o Artur?

Senti a culpa mais uma vez me atingir com força.

– São policiais, dona Maria. Eles estão atrás de mim. Querem me ameaçar porque descobri que eles cometeram crimes muito graves. Não acho que eles queiram o Artur. Só querem me assustar – menti.

Era claro que os policiais queriam pegar o Artur. Eles não queriam só me assustar. Queriam me eliminar e fazer mal à minha família, mas eu não disse nada disso.

– Fátima, nós precisamos ir embora.

– Ir embora pra onde? Eu não vou a lugar nenhum com você.

– Eu só vou com vocês até o aeroporto. Preciso levar vocês dois com segurança até lá.

– Pra onde vocês vão? – perguntou dona Maria.

Expliquei-lhe que, para a segurança de Fátima e Artur, eles precisavam sair da cidade imediatamente. Contei meus planos à dona Maria, mas não disse onde sua filha e seu neto ficariam escondidos.

Perguntei-lhe se ela também queria ir, apesar de achar que ela e o marido não corriam muitos riscos. O Bope não faria mal a eles. Só queriam pegar as pessoas que mais importavam para mim: minha mulher e meu filho. Meus sogros poderiam ficar sossegados em relação àquilo.

– Eu não posso ir agora. Tenho que ficar com o Osmar... – foi tudo o que ela respondeu.

– Obrigado por proteger meu filho, dona Maria. Obrigado por garantir que ele não caísse nas mãos daqueles homens – eu disse e abracei-a.

– Fátima, eu sei que você tem todos os motivos para me odiar – ela parecia um pouco mais calma, apesar de ainda estar furiosa comigo –, mas precisa vir comigo agora. O voo sai daqui a pouco, no início da tarde.

Ela continuava sem olhar para mim.

– Não se preocupe com roupas nem nada. Depois você compra alguma coisa. E eu vou cuidar de tudo por aqui. Em alguns dias, vou me encontrar com vocês lá. Eu levo os nossos documentos. E depois a gente vai embora desse país.

Fátima finalmente me olhou. Apesar da raiva, ela também estava preocupada comigo.

– Você não pode ficar aqui. Eles vão te matar.

– Eu sei me cuidar. O mais importante é que vocês dois saiam daqui imediatamente.

– Eles... Eles podem estar aqui no prédio ainda. Ou lá na rua – disse minha sogra.

– É possível, dona Maria. Mas vamos fazer o possível para tentar chegar até o aeroporto sem ser notados.

Pedi o carro dos meus sogros emprestado e dona Maria concordou. Dei um beijo em Fátima e, daquela vez, ela deixou. Iria até o apartamento deles, pegaria a chave do carro e, depois, iria até a garagem, para verificar se estava tudo limpo.

Subi de elevador até o décimo quinto andar.

Andei vagarosamente até o apartamento. Achava que não haveria mais nenhum policial ali. Dona Maria tinha contado que os policiais foram embora antes do seu Osmar ligar para ela e buscar socorro no vizinho.

A porta estava fechada, mas não trancada. Empurrei-a e as dobradiças fizeram um barulho sinistro, como se não quisessem ser importunadas.

O apartamento parecia ter sido virado do avesso. Caminhei com cuidado, evitando fazer qualquer barulho, como se não quisesse acordar um predador que dormisse ali perto, mesmo com a certeza de que os policiais já tinham ido embora.

Nunca se sabe! Pegue logo a chave e suma daqui!, minha mente ordenava.

Mas precisava fazer algo antes. Não poderia chegar ao aeroporto todo rasgado e sujo de terra. Fui até o banheiro e me lavei na pia. Depois, entrei no quarto dos meus sogros e peguei uma bermuda e uma camisa limpas de seu Osmar. Passei os meus pertences para a bermuda e larguei minha roupa suja pelo chão.

Tinha pressa. Com o passo acelerado, fui até a cozinha, onde havia um pote com a chave do carro dos meus sogros. Abri o pote, peguei a chave e me preparei para sair.

Tihanare... Tihanare... Tihanare...

A voz começou apenas na minha mente. Depois pareceu ter ganhado vida própria e passou a ecoar por toda a casa. Parecia vir de lá de dentro, de algum dos quartos.

– Tihanare! – era o grito de uma voz estranha, vindo de algum lugar da casa. Veio seguido de um vendaval e de um guincho apavorante.

Corri até a porta o mais rápido que meu joelho permitia, mas ela se fechou com a força do vento que vinha da janela da sala. O guincho foi ficando mais alto e ouvi passos fortes vindos de dentro do apartamento.

Agarrei a maçaneta e lutei contra o vento, que parecia querer mantê-la fechada.

– Tihanare! – o grito agora vinha misturado com o guincho. Os passos se aproximavam.

Consegui abrir a porta e depois deixei que ela se fechasse atrás de mim.

Tihanare... Tihanare... O grito misturado com o guincho foi transposto novamente para dentro da minha cabeça.

Mancando, tentei me aproximar o mais rápido possível do elevador. Apertei o botão para que ele se abrisse, enquanto a porta do apartamento era escancarada com uma força brutal.

De lá, a figura do monstro-Cesário me olhava e guinchava mais uma vez:

– Tihanare!

O elevador se abriu e entrei correndo, apertando repetidas vezes o botão da garagem no subsolo.

A porta se fechou, mas, em vez de descer, o elevador subiu.

Fui levado até o vigésimo andar, o último do prédio. Ao chegar ali, no entanto, a porta não se abriu. O elevador ficou parado alguns segundos. Depois, as luzes se apagaram e ele despencou, como se seus cabos tivessem arrebentado.

Caiu por cinco andares e parou, repentinamente, no décimo quinto andar.

As luzes piscaram e se acenderam. A porta se abriu vagarosamente, rangendo. Meu coração batia tão forte que chegava a fazer minha visão tremer.

Esperei encontrar-me com o monstro do cérebro pulsante e do pescoço espinhoso. Mas não havia ninguém.

A porta já se fechava, quando alguém colocou a mão na frente, para impedir seu fechamento. Ali eu pensei que teria um ataque cardíaco, mas era apenas um adolescente, com seu skate debaixo do braço.

– Bom dia!

Tive que juntar algum fôlego para que conseguisse responder, quase cinco segundos depois.

– Cara, tá tudo bem contigo? – o adolescente perguntou.

Assenti sem dizer nada. Ainda estava tentando me recuperar do susto.

Finalmente, o elevador desceu e cheguei até a garagem do subsolo, onde estava o carro dos meus sogros.

Circulei pela garagem, em busca de qualquer presença, natural ou monstruosa, e não percebi ninguém. O carro estava a uns 20 metros do elevador.

Quando estava retornando ao elevador, no entanto, ouvi passos rápidos, que me fizeram buscar refúgio atrás de um dos carros, com meu coração voltando a acelerar. Os passos vinham na minha direção.

Preparei-me para lutar, apesar de saber que minha chance de defesa era quase zero se tentasse um combate corpo a corpo com um policial do Bope.

Os passos, no entanto, seguiram adiante e pude ver quando passaram por mim. Era um homem de terno, provavelmente apressado para algum compromisso.

Não sabia se conseguiria sobreviver até o final do dia com tantos sobressaltos, mas, pelo menos naquele momento, senti um grande alívio. Em seguida, corri mancando até o elevador e subi para o segundo andar.

– Vamos embora – eu disse, assim que a porta do 204 foi aberta. – Precisamos ir.

Fátima abraçou sua mãe, que ficaria na casa da vizinha por um tempo e depois tentaria saber notícias do seu velho companheiro, que estava internado no hospital.

– Assim que souber de alguma coisa do papai, me liga. Te amo, mãe.

Entreguei minha câmera para dona Maria e disse que depois a pegaria com ela. Despedi-me dela e de sua anfitriã com um aceno de cabeça e fui com Fátima e Artur até o carro. Dessa vez, não havia ninguém com um passo apressado na garagem.

Acelerei o carro e parti em direção ao aeroporto.

***

O trânsito estava bom entre a Barra da Tijuca e o início da Linha Vermelha. Mas, uma vez na via expressa, tudo ficou engarrafado. Faltavam cerca de duas horas para o voo quando entramos naquele anda e para.

Depois de perdermos mais de uma hora no engarrafamento, descobrimos o verdadeiro motivo daquele trânsito dos infernos: uma blitz policial.

Eu não pude acreditar quando vi as viaturas policiais pretas. Era uma blitz do Bope.

A operação no Complexo da Maré! Merda! O Bope está fazendo uma operação na Maré! Como não me lembrei disso? A Linha Vermelha passa ao lado da Maré!

Não havia como dar ré. Não tinha como voltar atrás. Não era possível virar na primeira esquina. Eu estava numa via expressa e não havia nenhuma saída antes da blitz policial. Só podia seguir em frente e passar pelos policiais.

Relaxa... Relaxa... Se você parecer nervoso, os policiais vão te parar. E, se alguém te reconhecer, já era...

Era difícil relaxar com o anda e para dos carros. Eu estava prestes a passar por uma blitz com policiais do mesmo batalhão do qual eu fugia.

– Desgraçados. Por que tinham que fazer uma maldita blitz? – resmunguei, dentro do carro, para me arrepender logo em seguida. Não queria deixar a Fátima nervosa.

– Eles são do Bope, Ivo. Eu reconheço aquela caveira na lataria dos carros deles... – disse Fátima, que estava no banco de trás, ao lado de Artur, assim que acabei de resmungar.

– Amor, vou pedir pra você relaxar. Nós vamos passar por essa blitz e chegar ao aeroporto – falei, mas sem acreditar no que eu mesmo dizia. – É só isso que separa a gente da segurança.

Sabia que Fátima não ficaria calma. Eu tampouco. Seria impossível não deixar transparecer nosso nervosismo. Olhei pelo retrovisor e vi que sua respiração era ofegante, assim como a minha.

– E não acho que eles vão parar a gente. Estamos em família, com uma criança no carro. Eles estão procurando bandidos. É parte de uma operação que estão fazendo hoje na Maré – disse, para tentar dar algum conforto para minha mulher.

Pouco antes da saída para a Linha Amarela, os policiais bloqueavam três faixas da Linha Vermelha. Apenas uma estava liberada para o tráfego. E nos aproximávamos do estrangulamento das pistas.

Na blitz, além dos policiais do Bope, que usavam farda preta, havia aqueles de farda azul, provavelmente do Batalhão da Maré.

Dois caveiras selecionavam os carros que seriam parados e checados. Eles eram auxiliados por dois policiais que tinham fardas azuis.

Cinco carros nos separavam do primeiro policial. O caveira olhava dentro de cada veículo.

O primeiro carro passou. Agora só faltavam quatro na nossa frente.

O segundo carro foi selecionado. Um policial de farda azul acompanhou o carro escolhido até o acostamento.

Três carros nos separavam do caveira. O terceiro carro passou direto. Só havia mais dois.

Mesmo que passássemos pelo primeiro policial, teríamos que torcer para que o outro caveira não parasse o nosso carro.

O penúltimo carro também passou. Havia apenas uma kombi branca na nossa frente. Com sua mão esquerda, Fátima apertou meu ombro, enquanto mantinha seu olhar fixo no para-brisa do carro. O caveira olhou para o motorista da kombi e mandou que ele encostasse.

Aproveitei que ele ainda olhava para a kombi que tinha acabado de selecionar e passei adiante. O primeiro obstáculo havia sido superado.

Havia mais um caveira à frente.

Os policiais do Bope conheciam meu endereço, minhas rotinas e meu nome. E era possível que o coronel Cesário tivesse distribuído cópias de uma foto minha para todos os homens do batalhão.

Achava improvável que eles me reconhecessem dentro de um carro em movimento. Mas, se eu desse azar de ser parado na blitz, os caveiras teriam mais tempo para olhar o meu rosto. Eles também pediriam para ver meus documentos e leriam meu nome, que provavelmente já era conhecido por todos do batalhão.

Se fosse selecionado para encostar o carro, eu poderia até sair ileso, mas o risco era muito grande. Decidi começar uma contagem mental, para tentar aliviar a tensão.

Um... dois... três...

Tive que me esforçar para manter o carro em marcha reduzida.

Quatro... cinco... seis...

Sentia que, a qualquer momento, meu pé vacilaria e pisaria fundo no acelerador.

Sete... oito...

Eu me aproximava do segundo caveira.

Nove... dez...

Ele segurava um fuzil e estendeu a mão na direção do carro, pedindo para que eu reduzisse ainda mais a velocidade.

Onze... doze...

O homem de preto, provavelmente ainda alterado pelo ritual da madrugada, nos olhou através do para-brisa e fez o sinal maldito. Nosso carro tinha sido selecionado para a blitz.

Merda!

Justamente no último policial, no último obstáculo antes de colocar minha mulher e filho em segurança dentro de um avião para bem longe dali.

CAPÍTULO 15

A BLITZ

Girei o volante e, vagarosamente, comecei a me dirigir até o local indicado pelo policial para estacionar o carro e passar pela averiguação.

Eu preciso fazer alguma coisa. Preciso fazer alguma coisa.

Enquanto o carro rodava quase parando, o caveira olhou para o meu rosto.

Tihanare!

Por um segundo, vi o rosto daquele policial se transformar numa coisa monstruosa, com o cérebro pulsante e os olhos vertendo gosma amarela.

Eu já tinha encerrado minha contagem mental e me controlava para não borrar as calças.

O rosto do caveira então voltou ao normal e ele parou de me encarar, direcionando seu olhar a um policial de farda azul que estava ao seu lado.

Ele não me reconheceu. Ele não me reconheceu.

O policial do Bope pediu que seu colega de farda azul acompanhasse nosso carro até o acostamento e fizesse as averiguações necessárias.

Eu preciso fazer alguma coisa, voltei a pensar.

Enquanto meu carro rodava em marcha lenta, olhei pelo retrovisor e vi o policial de farda azul me seguindo de forma modorrenta. Eu precisava tomar alguma atitude. E rápido, antes que parasse no acostamento e o policial chegasse para a averiguação.

– Fátima, se abaixa junto com o Artur. Fiquem assim até a gente chegar ao aeroporto...

Meu carro estava quase parando, pronto para estacionar.

– O que... o que você vai fazer, Ivo?

– Vou tirar a gente daqui.

Em vez de parar, girei o volante, posicionei o carro na direção do aeroporto e pisei fundo no acelerador. O policial foi pego de surpresa e ficou um tempo sem saber como reagir.

– Ivo, o que você está fazendo? Ficou louco?

O trânsito estava limpo à nossa frente, porque o afunilamento do tráfego estava deixando passar apenas um carro de cada vez. O policial começou a gritar com seus companheiros e sacou sua arma, mas não atirou.

– Fica abaixada! E não solta o Artur!

Meu corpo se encheu de adrenalina. Era agora ou nunca. O caveira que tinha selecionado nosso carro ergueu seu fuzil e apontou para a gente, enquanto policiais de farda azul correram para uma viatura.

– Fica abaixada, Fátima! – eu gritei, quando o primeiro tiro atingiu o vidro traseiro do automóvel.

Desgraçado! Está atirando na gente! Tem uma criança no carro!

O maldito estava mesmo alucinado. Fátima deu um grito quando o vidro se espatifou em cima dela e do Artur. Nosso filho começou a chorar.

– Eles estão atirando, Ivo! Pelo amor de Deus! Você vai nos matar! – berrou Fátima.

Um segundo tiro atingiu a lataria do carro. Pude ouvir o barulho.

Dei graças a Deus, mesmo sem saber se acreditava nele, pelo motor do carro de seu Osmar ser potente. Era incrível como eu conseguira atingir os 150 km/h tão rápido. Se o caveira disparou mais tiros, eles não nos atingiram.

Fátima chorava junto com o Artur.

– Vocês tão bem? – perguntei, enquanto ziguezagueava, desviando de carros mais lentos e buscando sempre as faixas livres.

Nem consegui ver quando a viatura policial começou sua perseguição, tamanha era a distância que eu tinha aberto em relação a ela.

Consegui manter uma velocidade alta, alternando entre 120 e 150 km/h até subir o viaduto da Avenida Vinte de Janeiro, que dá acesso ao aeroporto.

Ali, uma curva um pouco mais fechada fez com que o carro derrapasse e arrastasse sua lataria na barreira de concreto. Minha mulher soltou um grito agudo.

– Ivo! Você vai matar a gente!

Por um momento, quase perdi o controle do carro, mas, mesmo com as mãos tremendo, de alguma forma consegui me manter firme na direção.

Agora só havia uma reta grande até o aeroporto.

Não me preocupei com os radares de velocidade da avenida. Voltei a acelerar o carro até chegar a pouco mais de 150 km/h.

Menos de dois quilômetros nos separavam do Terminal 2 do Aeroporto do Galeão. Quando já me preparava para fazer a curva final e entrar com o carro na via de acesso ao andar de embarque, olhei pelo retrovisor e vi que havia não apenas uma, mas duas viaturas policiais me seguindo pela Avenida Vinte de Janeiro, a certa distância. Nenhuma delas do Bope, para minha sorte.

– A gente vai conseguir, Fátima.

Para fazer a curva e entrar no setor de embarque, reduzi subitamente a velocidade. O que fez com que Fátima se chocasse com o banco do motorista. Ela deu um grito de dor e susto.

Não havia tempo para me desculpar. Faltava cerca de meia hora para a decolagem do avião e havia dois carros da PM atrás da gente.

– Tira o cinto do Artur. Quando eu parar o carro, vocês saem correndo e vão direto para o setor de embarque. Não parem pra nada!

Dei a freada final, quase batendo em um táxi que deixava uma passageira.

Fátima pegou Artur no colo. Antes que ela saísse do carro, dei meu celular para ela.

– Já fiz o *check-in*. Quando você abrir a tela, vai ver o cartão de embarque – disse. – Agora, corre.

Esperei que os dois entrassem no terminal e acelerei o carro, cantando pneu, na mesma hora em que as viaturas policiais que me perseguiam entraram no campo de visão do meu retrovisor.

Em vez de sair do aeroporto, fiz uma curva para entrar no estacionamento do terminal. Mesmo estando em altíssima velocidade, milagrosamente consegui fazer a manobra.

Minha ideia era embicar o carro entre uma das cabines e acelerar ao máximo para derrubar a cancela. Para minha sorte, não havia nenhum carro esperando para entrar no estacionamento e pude executar meu plano.

A pancada contra a cancela foi forte, mas, devido à velocidade do carro, consegui superá-la sem problema e entrei no estacionamento.

Minha maior dificuldade foi controlar o carro na estreita pista do estacionamento e evitar bater em um dos veículos parados.

Dirigi acelerado até chegar a uma das escadas de acesso ao terminal. Ouvi as sirenes. Os carros de polícia tinham entrado no estacionamento. Parei o carro, saltei e corri até a escada. Não havia muito tempo e minhas chances de fugir eram pequenas, mas era preciso tentar de qualquer forma.

Enquanto subia a escada, lutava para não urrar de dor. Meu joelho ameaçava explodir a qualquer momento.

Assim que saí da escada, corri em direção ao terminal. Aquela era minha única chance. Os policiais, incluindo aí o modorrento que foi destacado para averiguar meu carro na blitz, provavelmente não tinham visto meu rosto. Aqueles que agora me perseguiam haviam seguido um carro à distância. Em nenhum momento, durante a perseguição, tiveram a chance de olhar para mim.

O único policial a olhar para a minha cara havia sido o caveira que selecionou meu carro para a abordagem e que eu duvidava estar acompanhando aqueles agentes.

Esforcei-me ao máximo para continuar correndo, cruzei a pista que dividia o estacionamento do terminal e entrei no saguão.

Assim que entrei, parei de correr, para tentar parecer um cliente normal do aeroporto. Atravessei o saguão, peguei uma revista no balcão de uma companhia aérea e sentei-me no primeiro banco que encontrei. Para minha sorte, havia outras pessoas sentadas, esperando o desembarque de amigos e familiares.

Abri a revista e comecei a lê-la.

O suor vai te denunciar. Eles vão descobrir que era você.

Levantei minha camisa e enxuguei a cabeça. Para minha sorte, havia trocado de roupa na casa do meu sogro. Se não fosse por aquilo, teria me tornado um alvo fácil com aquelas roupas rasgadas e sujas de terra.

Quando acabei de secar um pouco do suor, vi os policiais entrando apressados no saguão. Eram quatro, todos PMs de farda azul. Ao ver que nenhum deles era caveira, respirei aliviado.

Aquela situação era inacreditável. Estava sendo perseguido por policiais militares como se fosse um criminoso. Os policiais começaram a olhar em volta. Um deles foi falar com um vigilante do aeroporto.

Baixei meus olhos e fingi que lia a revista. O suor voltou a porejar em minha testa. Meu peito parecia guardar uma bomba-relógio. *Controle-se... Controle-se...*

Continuei tentando olhar à minha volta ao mesmo tempo que fingia ler a revista. O vigilante e o policial que conversava com ele começaram a caminhar pelo saguão. Seria questão de tempo até que checassem as câmeras do circuito interno e descobrissem que eu era o homem que eles procuravam.

Outros dois policiais vasculhavam o saguão, procurando alguém que poderia se mostrar suspeito.

Apenas um policial ficou posicionado em frente à porta por onde eu havia entrado no saguão. Em breve, os seguranças do aeroporto se juntariam aos policiais para me encontrar.

Eu precisava sair dali. Fechei a revista, levantei-me e me aproximei do portão de desembarque dos passageiros. Vi que um dos policiais estava subindo a escada rolante, para procurar o "suspeito" no segundo andar.

Como eu fugi da blitz e dirigi em alta velocidade, os policiais provavelmente achavam que eu era um bandido. Por isso empreendiam tanto esforço para me encontrar.

Mas eu não tinha feito nada de grave. Não havia roubado ou matado alguém. Tinha apenas fugido de uma blitz e quebrado uma cancela do estacionamento.

Se eu me entregasse, talvez me enquadrassem apenas por dano ao patrimônio. Mas meu medo era que fosse levado até os caveiras. Por isso deveria continuar fugindo.

Os passageiros de um voo tinham começado a sair pelo portão de desembarque. Reparei que um homem saía sozinho, arrastando sua bagagem de rodinhas em direção à saída do terminal. Não havia nenhum amigo ou familiar à vista. Era minha chance de sair sem levantar suspeitas.

Aproximei-me dele, apertei sua mão e perguntei se ele precisava de um táxi. Ele disse que não, que pegaria um táxi no ponto, mas continuei insistindo. Precisava parecer, para os policiais, que eu conversava com um velho conhecido. Segui com ele até a porta e saímos para o ponto de táxi.

Quando percebi que não havia policiais ali, despedi-me dele e entrei no primeiro táxi disponível.

Enxuguei minha testa e disse para seguir para o Méier. Quando o táxi começou a rodar, vi que um dos policiais saía do Terminal 2. Eu tinha conseguido escapar....

***

Para evitar qualquer problema em uma nova blitz, pedi que o taxista seguisse para Duque de Caxias, que ficava na direção oposta ao Complexo da Maré. Depois, fizemos um retorno na Rodovia Washington Luís, pegamos a Avenida Brasil e, por fim, entramos na Linha Amarela. Antes de chegar ao meu destino, procurei o celular funcional do jornal, que usava para me comunicar com a redação e com as minhas fontes. Encontrei-o no meu bolso.

Liguei para os dois celulares que estavam com a Fátima, o dela próprio e o meu telefone pessoal, que tinha deixado com ela por causa dos cartões de embarque. Mas não consegui falar. Apenas torci para que ela tivesse embarcado.

Os celulares desligados eram indício que tinha dado tudo certo. Eu só ficaria tranquilo, no entanto, depois que conseguisse falar com ela.

Em seguida, liguei para o celular de dona Maria. Mesmo sem ter certeza, disse que Fátima tinha conseguido embarcar. Para o meu alívio, minha sogra confirmou que tinha recebido uma ligação da filha de dentro do avião. Perguntei sobre o estado de saúde do seu Osmar. Ela tinha conseguido falar com o hospital e soube que ele estava bem. Ele havia sido internado numa unidade de tratamento intensivo e o horário de visitas era só no final da tarde.

Aproveitei que ela ainda tinha algumas horas livres e pedi um favor. Precisava da ajuda dela.

***

Pedi que o táxi passasse devagar em frente ao meu prédio. Não vi ninguém que parecesse um caveira, mas não poderia correr riscos. Eles poderiam estar em qualquer lugar, aguardando dentro de qualquer um daqueles carros estacionados na rua.

O táxi finalmente saiu da minha rua e me senti um tanto aliviado. Pedi que ele seguisse para o Norte Shopping.

Eu esperava que dona Maria conseguisse me ajudar. Fui até a praça de alimentação, comprei um lanche rápido e sentei-me a uma das mesas. Precisava recompor minhas energias e me recuperar um pouco da adrenalina a que tinha sido submetido nas últimas horas.

Na verdade, não aguentava mais fugir. Precisava parar em algum lugar e descansar urgentemente. Afinal, dormira pouco na noite anterior. Depois de acompanhar um ritual bizarro no quartel do Bope, tinha fugido de uma centena de homens ensandecidos, ido buscar minha mulher e, em seguida, escapado de uma perseguição cinematográfica. Além disso, a dor no meu joelho não me dava trégua.

Se sobrevivesse, teria muitas histórias para contar.

Fiquei na praça de alimentação por quase duas horas. Duas horas de pura tensão. Toda vez que eu via alguém com pinta de policial, meu coração se acelerava. Não estava dando para relaxar ali. Quando já começava a ficar preocupado, vi dona Maria se aproximando.

Devo confessar que nunca ficara tão feliz em ver minha sogra. Abracei-a e disse que tudo ia dar certo.

Ela me deu uma mochila. Abri-a rapidamente e conferi. Ali estava tudo o que eu havia lhe pedido. Os passaportes, uma pasta com documentos, 700 reais que eu guardava em casa para emergências e duas ou três mudas de roupa para mim. A câmera com a qual eu havia gravado o ritual do Bope também estava ali. Dona Maria havia tomado conta dela direitinho.

Agradeci-a por ter ido ao meu apartamento e ter pegado meus pertences. Desejei uma boa recuperação para seu Osmar e pedi que desse um abraço nele por mim.

Antes de me despedir, contei-lhe sobre o fato de ter quebrado a cancela do estacionamento do aeroporto com o carro dela.

Disse ainda que havia abandonado o carro lá e sugeri que ela fosse até uma delegacia e registrasse o roubo do veículo. Aquilo a pouparia de futuras dores de cabeça. Faria parecer que o culpado por ter danificado um patrimônio do aeroporto havia sido um ladrão de carros.

As câmeras de segurança do aeroporto provavelmente me identificariam posteriormente como o "ladrão de carros", mas pelo menos tiraria qualquer responsabilidade das costas dos meus sogros. Era o mínimo que eu podia fazer depois de ter destruído o carro deles e de ter tomado tantas multas por excesso de velocidade.

Contei a ela que eu desapareceria por alguns dias. Depois, me juntaria à Fátima e ao Artur e sumiríamos do mapa. Provavelmente nunca mais colocaríamos os pés no Brasil, mas manteríamos contato e eles saberiam onde nos encontrar.

Abracei-a e senti uma lágrima escorrendo pelo meu rosto. Naquele abraço, não estava apenas me despedindo da minha sogra, mas de toda uma vida que deixaria para trás.

EPÍLOGO

O ESCONDERIJO

Ivo terminou de escrever o relato sobre sua investigação e sua fuga e guardou o manuscrito dentro de um envelope, junto com a carta endereçada a Geraldo.

Ele tinha escrito tudo em pouco menos de uma semana, durante o tempo em que esteve escondido no refúgio que pertencera à sua falecida tia-avó e, posteriormente, aos seus pais.

Ele pretendia se reunir o mais rápido possível com sua família, para que eles finalmente conseguissem fugir do Brasil. A mulher e o filho estavam escondidos na casa da irmã de Fátima, na cidade de Salvador.

Era um esconderijo temporário perfeito. A irmã de Fátima era casada com um militar e morava dentro de uma base do Exército na capital baiana. Dificilmente os caveiras se atreveriam a entrar lá para fazer algum mal à sua mulher e ao seu filho.

Quanto a Ivo, antes de rever sua família, precisava resolver sua última pendência: sacar todo o dinheiro que tinha na conta bancária.

Demorou um pouco para que Ivo conseguisse sacar o dinheiro. No dia em que chegou àquela casa, dirigindo um carro alugado, já era noite. Ele teve forças apenas para se comunicar com sua mulher. Ela e o filho haviam chegado bem a Salvador.

Ao desligar o telefone, ele deitou-se na cama e apagou. Só acordou no meio da tarde do dia seguinte. Tarde demais para ir ao banco. Por isso, teve que passar mais uma noite ali.

No dia seguinte, uma quinta-feira, foi até uma agência de banco no centro de Nova Friburgo e descobriu que os bancários estavam em greve nacional. A paralisação se estenderia até a sexta-feira.

Ivo só poderia, portanto, retirar o dinheiro na segunda-feira da semana seguinte. Talvez ele pudesse fazer isso em Salvador, mas achou melhor resolver direto com o gerente da sua conta, já que o valor era alto e ele poderia esbarrar em trâmites burocráticos que atrapalhariam ainda mais seus planos.

Na segunda-feira, depois de passar quase uma semana escondido na pequena chácara, Ivo dirigiu até a cidade do Rio e, com toda cautela para não esbarrar com ninguém do Bope, foi até sua agência bancária. Retirou tudo o que tinha: 250 mil reais, que ele esperava ser o suficiente para recomeçar a vida lá fora.

Depois que voltou do banco, terminou de escrever seu relato, guardou-o no envelope e escreveu o endereço do jornal. Ele enviaria o pacote no dia seguinte, logo cedo, antes de pegar a estrada rumo a Salvador. Seu joelho ainda doía muito, mas estava disposto a suportar aquilo até que conseguisse concluir sua fuga.

Ivo ligou para Geraldo e contou, de forma resumida, tudo o que tinha acontecido. Disse que não voltaria mais ao jornal e que teria que desaparecer.

Geraldo ficou consternado. Ele respeitava o trabalho de Ivo e também gostava dele. Por isso, quis saber se o jornal poderia fazer alguma coisa por seu funcionário em apuros.

Ivo pediu apenas um favor: que o jornal publicasse a história que seria enviada pelos correios. Ele estava sem acesso a qualquer computador, numa casa isolada, por isso havia escrito tudo à mão.

O manuscrito seria encaminhado para ele, junto com as fotos, vídeos e depoimentos em áudio que comprovavam a maior parte da história.

Geraldo se comprometeu a publicar, mas Ivo não tinha tanta certeza daquilo.

Antes de lacrar o envelope com o manuscrito, Ivo lembrou-se de juntar o *pen drive* e o cartão de memória da câmera que ele usou para filmar o ritual. Naquele momento, ele percebeu que ainda não tinha conferido o vídeo da cerimônia. O cartão de memória ficou dentro da câmera todo aquele tempo.

Ele pegou a câmera e ficou olhando-a por um tempo, sem muita convicção de que gostaria de ver aquelas imagens novamente. Ivo não tinha um computador ou um cabo que pudesse usar para transmitir as imagens para a televisão. Logo, ele apertou o *play* e assistiu ali mesmo, no visor do próprio equipamento.

E foi só quando viu as imagens na câmera que teve certeza de que aquilo que presenciara no ritual, naquele dia no Bope, não era fruto de uma alucinação provocada por um gás.

Ali, no vídeo gravado, ele pôde conferir a metamorfose de Cesário, a transformação do coronel num monstro.

Isso não pode ser verdade...

A hipótese de que aquela visão monstruosa era resultado de estresse, aliado à inalação de um suposto gás alucinógeno no batalhão, tinha sido uma confortável mentira para que ele não precisasse lidar com aquela realidade bizarra.

Ivo já tinha que se preocupar com monstros de verdade, com as verdadeiras máquinas de matar fardadas. Ele não precisava ter que lidar também com um espírito maligno ou o que quer que fosse a tal Tihanare.

Ele fixou seus olhos no visor da câmera até que a gravação terminasse.

No momento exato em que o vídeo se encerrou, todas as janelas da casa se abriram repentinamente. Um forte vendaval invadiu a sala e fez Ivo buscar abrigo sob a mesa.

Era o mesmo vendaval que Ivo tinha presenciado anteriormente em seu escritório e no apartamento de seus sogros. Ele sabia o que viria depois. Um guincho ameaçador fez todos os pelos de seu corpo se arrepiarem. Ivo fechou os olhos, botou a cabeça no meio das pernas flexionadas e protegeu-a com seus dois braços.

Então, ouviu passos se aproximarem e percebeu que havia alguma coisa perto de si. O visitante o observava. Ivo ouviu o som de uma pulsação e, sem coragem para abrir os olhos ou levantar a cabeça, visualizou mentalmente a criatura monstruosa que tinha um cérebro--coração no topo derretido da cabeça.

Tihanare... Tihanare...

Ele sentia que o visitante se aproximava cada vez mais.

Tihanare...

Ivo não rezou, porque ele não sabia rezar. Em vez disso, resolveu contar até 100.

Controle sua ansiedade... Controle sua ansiedade...

Quando estava no número 27, ele sentiu todo o ar sendo sugado para fora da casa e as janelas se fechando violentamente. Ele soube que estava sozinho novamente. Só então resolveu abrir os olhos e levantar a cabeça. Havia alguns papéis espalhados e vários objetos estilhaçados no chão.

No momento em que se preparava para levantar do chão, Ivo ouviu batidas fortes na porta. Quem seria? Apenas Fátima sabia que ele estava ali.

Quando contou seus planos à mulher, Ivo pedira que ela não revelasse seu paradeiro a ninguém. Nem aos pais nem à irmã.

E era improvável que a pessoa que batia à porta fosse Fátima. Ela não teria saído de Salvador e ido até ali. Primeiro porque Ivo a proibira de voltar ao estado do Rio. Segundo porque ela própria sabia que era muito perigoso para ela e para Artur.

Ivo aproximou-se da porta e ouviu novas batidas.

– Ivo, abre a porta – era a voz de Jair. – Sou eu, Jair. Estou aqui com o Lucas. Precisamos conversar.

Como ele descobriu meu paradeiro?, Ivo pensou. Um alerta de sobrevivência soou em sua mente. Não sabia por quê, mas tinha medo de abrir a porta e deixá-los entrar.

– Ivo, temos que conversar – agora era Lucas quem falava.

Ele finalmente abriu a porta. Jair se adiantou e cumprimentou o repórter. Lucas também apertou sua mão. Ivo percebeu que eles pareciam preocupados.

De repente, um pensamento lhe ocorreu. Se os dois sabiam onde ele estava, outros policiais também poderiam descobrir seu esconderijo.

– Podemos entrar? Precisamos te falar uma coisa. É importante – disse Jair.

Ivo não disse nada, apenas saiu da frente para que os dois policiais pudessem entrar na casa. O repórter pensou em perguntar como eles sabiam de seu esconderijo, mas decidiu que não deveria falar nada.

Jair e Lucas aproximaram-se da mesa e Ivo apontou as cadeiras para que os dois tomassem seus lugares, sentando-se ele próprio em seguida.

Os dois policiais se entreolharam.

– O que vocês estão fazendo aqui? – finalmente Ivo perguntou.

– Já estamos procurando você há alguns dias – disse Lucas.

– Bem, estou me escondendo dos colegas psicopatas de vocês.

– Você não precisa mais se esconder – disse Lucas.

Só então Ivo reparou que havia filetes de sangue escorrendo da boca dos dois visitantes.

Não! Não é possível que isso esteja acontecendo. As pernas de Ivo fraquejaram. Se estivesse em pé, certamente teria desabado no chão.

Lucas sacou uma pistola e apontou-a para a cabeça de Ivo.

– O que você pensa que tá fazendo, Lucas?

– Espero que você me perdoe...

– O que você vai fazer? Me matar? – As perguntas saíram naturalmente, apesar de Ivo estar tomado pelo medo. – Eu já sabia que você era um assassino, mas e aquele papo de ter medo de ser condenado ao inferno?

– Eles ameaçaram minha família, Ivo... Eles ameaçaram sacrificar minhas duas filhas. Eles disseram que, se você não morresse, minhas duas filhas seriam mortas e oferecidas para Tihanare – Lucas disse. – Deus vai entender. Eu não sou forte como Abraão nem como Jefté. Eu não posso sacrificar minhas filhas.

– Jair, você vai deixar ele fazer isso? – Ivo perguntou, incrédulo.

Jair botou sua mão direita sobre a mesa. Ele também empunhava uma pistola.

– Eles ameaçaram meu netinho. Infelizmente, Ivo, entre o meu anjinho e você, eu não vou pensar duas vezes – respondeu Jair. – Somos cristãos e acreditamos no poder do arrependimento. Basta que nos arrependamos ainda em vida de todos os erros que cometemos.

– Então é assim? Vocês vão me matar e logo depois se arrepender. Vocês acham que Deus vai perdoar vocês?

Lucas balançou a cabeça negativamente e aproximou a pistola da cabeça de Ivo.

– Não... Não vamos nos arrepender agora, porque precisamos, antes, fazer outra coisa que desagrada o Senhor... – disse Lucas – ... na cidade de Salvador...

Ivo arregalou os olhos.

– Tihanare também quer sua mulher e seu filho – Lucas falou. E apertou o gatilho.

Contato com o autor
vabdala@editoraevora.com.br

Este livro foi impresso pela gráfica BMF
em papel *Offset* 63 g.